Andrew & Emma

Warrior Lover Sidestory

von

Inka Loreen Minden

Bibliografische Information der Deutschen Nationalbibliothek
Die Deutsche Nationalbibliothek verzeichnet diese Publikation in der Deutschen Nationalbibliografie; detaillierte bibliografische Daten sind im Internet über
http://dnb.d-nb.de abrufbar.

Andrew & Emma

Sidestory zur Warrior Lover Serie

www.inka-loreen-minden.de

E-Mail: lucy-palmer@inka-loreen-minden.de

Deutsche Erstausgabe Juli 2014

Herstellung und Verlag: CreateSpace
ISBN-13: 978-1500402495
ISBN-10: 1500402494

Lektorat: Alexandra Balzer

Printed in Germany
by Amazon Distribution GmbH, Leipzig

Vorwort

Liebe Leserinnen und Leser,

dies ist eine Bonusstory, die zur Warrior-Lover-Serie (Jax, Crome, Ice, Storm, Nitro) gehört und zu Folge 5 »Steel« überleitet. Zum besseren Verständnis sollten mindestens die ersten drei Teile bekannt sein, um der Geschichte und dem Handeln der Figuren folgen zu können.

Darum geht es in den ersten Teilen:

Unsere Welt, wie wir sie kennen, gibt es nicht mehr, alles ist verstrahlt. Jahrzehnte nach einem Atomkrieg leben die Menschen unter gigantischen Kuppeln und sind einem diktatorischen System ausgeliefert. Um das Volk bei Laune zu halten, gibt es »Brot und Spiele« wie im alten Rom.

Das Regime schickt Elitesoldaten an die Stadtgrenzen, um die Outsider draußen zu halten, denn der Wasservorrat der Kuppelstädte ist begrenzt. Doch nach und nach kommen sowohl die Warrior als auch die Einwohner der Wahrheit auf die Spur: Alles, was man ihnen erzählt hat, ist eine Lüge …

Die Warrior-Lover-Serie umfasst die Teile:

Jax – Warrior Lover 1
Crome – Warrior Lover 2
Ice – Warrior Lover 3
Storm – Warrior Lover Bonusstory
Nitro – Warrior Lover 4
Andrew und Emma – Warrior Lover Sidestory
Steel – Warrior Lover 5 (Herbst 2014)

Alles Liebe,
Eure Inka

PS: Dieser Roman hätte im gewöhnlichen Taschenbuchformat 150 Seiten. Durch das Überformat ergibt sich jedoch eine viel geringere Seitenzahl, wodurch Druckkosten und Papier eingespart werden.

Glossar

Andrew Pearson alias Julius Petri
Ehemaliger Rebellenführer und zwei Jahre nach dem Sturz des Regimes Präsident der freien Stadt White City.

Warrior
Genetisch veränderte Krieger mit Supersinnen, die die Kuppelstädte vor Eindringlingen beschützen und viele Privilegien genießen. In White City haben die ehemaligen Warrior Polizeifunktion übernommen.

Huntress
Die weibliche Ausgabe der Warrior, von deren Existenz nur wenige wissen. Sie werden auf der Nachbarinsel von New World City gezüchtet und ausgebildet.

White City
Eine vom Regime befreite Kuppelstadt in der Wüste von Nevada mit ca. 50 000 Einwohnern.

Resur
Die ehemalige Stadt der Outsider, früher Las Vegas. Das pyramidenförmige Hauptgebäude war einst ein Hotel.

New World City
Eine Kuppelstadt auf Kauai, einer der acht Hauptinseln von Hawaii. Auf der westlichen Nachbarinsel Niihau leben die Huntress.

Paradisia
Eine Insel im Indischen Ozean, die von größerer Verstrahlung verschont geblieben ist. Ausgewählte und regimetreue Bürger, die ihrer Stadt einen besonderen Dienst erwiesen haben, erhalten eine

Chance, dorthin zu kommen und für immer dort leben zu dürfen. Allerdings weiß niemand, ob diese Insel wirklich existiert.

Vasektomie

Im Alter von zwölf Jahren wurde jeder Junge (auch die Warrior) in White City einer Vasektomie unterzogen, d.h. die Samenstränge durchtrennt. Der Platz in der Stadt war begrenzt, fortpflanzen durfte sich nach Auffassung des alten Regimes nur, wer genetisch perfekten Nachwuchs garantieren konnte. Dann wurden nach einer testikulären Spermienextraktion Eizellen im Reagenzglas befruchtet und einer Frau mit Kinderwunsch eingepflanzt. Die Wartelisten waren lang. Präsident Andrew Pearson hat dieses Gesetz abgeschafft. In anderen Kuppelstädten wird das weiterhin ähnlich gehandhabt.

Prolog – Andrews Traum

»Kann ich noch etwas für Sie tun, Mr. President?« Ms. Jones beugte sich über den Schreibtisch, sodass Andrew in den Ausschnitt ihrer Bluse sehen konnte. Emma, wie er seine Sekretärin für sich nannte, trug keinen BH, ihre Nippel leuchteten rosa.

Atemlos ließ er den Blick weiterwandern, an ihrem schlanken Hals hinauf, über die hohen Wangenknochen, die schmale Nase und vollen Lippen. Was für ein Weib.

Er fasste in ihren Nacken, um sie zu sich zu ziehen. Interessiert musterte sie ihn mit ihren katzenhaft geformten Augen, wobei ihr eine braune Strähne ins Gesicht fiel. Mit einem Lächeln pustete sie ihm ihr Haar entgegen.

Andrew hatte niemals eine schönere Frau gesehen, und klug war sie auch noch.

»Haben Sie meine Anweisungen befolgt?«, fragte er heiser. Seine Erektion pochte heftig und drückte gegen die Hose.

»Ich trage keinen Slip, Mr. President. Wie Sie befohlen haben.« Emma spitzte die Lippen und hauchte ihm einen Kuss auf die Nase. Dann machte sie sich von ihm los und ging um den Schreibtisch herum.

Andrew rutschte mit dem Stuhl zurück, damit sie sich zwischen seine Beine knien konnte. Hastig öffnete er die Hose und befreite seinen Ständer. Ihr Mund kam näher, öffnete sich …

Schweißgebadet und mit einer Hand in seinen Shorts wachte Andrew auf. Seit Tagen träumte er von seiner Sekretärin. Leider war sie nur in seinen Fantasien heiß, im wahren Leben nannte er sie Ms. Frost. Meist gab sie sich kühl und unnahbar, wahrscheinlich fühlte er sich deshalb zu ihr hingezogen. Sie war eine der wenigen Frauen, die ihn nicht anhimmelten.

Frustriert zog er die Hand aus seiner Hose. Langsam hatte er es satt, immer selbst für Erleichterung sorgen zu müssen.

Seufzend drehte er sich im Bett auf die rechte Seite und starrte auf den Wecker. Fünf Uhr … Noch ein wenig Zeit zum Schlafen. Doch er fühlte sich wach, sodass er zum Grübeln anfing.

Emma hatte ihn vom ersten gemeinsamen Arbeitstag an fasziniert, und das, obwohl er in den letzten Monaten keine Zeit an Frauen verschwendet hatte. Sein Amt nahm ihn völlig ein. Zwar hatte er »nur« eine Stadt und kein Land zu regieren und außerdem standen ihm ein Parlament und Berater unterstützend zur Seite, trotzdem gab es verdammt viel zu tun. Vor allem mussten die Bürger stets daran erinnert werden, dass der Sturz des Regimes das Beste war, das ihnen passieren konnte. Die Unterschicht sah das auch so, aber diejenigen, die mehr Privilegien besessen hatten, waren schwieriger von der neuen Amtsform zu überzeugen. Es kamen fast täglich Anfragen herein, ob er nicht vorhatte, die Spiele wieder einzuführen. Die »richtigen« Spiele. Einige Bürger vermissten tatsächlich diese sadistische Unterhaltungsshow, die ihnen offenbar einen gewissen Kick gegeben hatte. Die Vergewaltigungen vor laufenden Kameras, die Erniedrigung der Sklaven, Folter … Daher hatte sich Andrew etwas anderes überlegt, um ihre voyeuristische Ader zu befriedigen. Er nannte es »Big Brother Extreme«. Allerdings hatte dieses »Big Brother« nichts mit der Überwachung gemein, die George Orwell einst in seinem Roman 1984 beschrieben hatte – ein Buch, das zu Zeiten des Regimes auf dem Index stand, doch nur für die Bürger. Die Senatoren fanden diese grausame Dystopie inspirierend.

Seine Show lief folgendermaßen ab: Freiwillige Warrior und Bürger konnten sich auf eine Liste setzen lassen und ihre Wünsche angeben. Diese reichten von »Kameras beobachten meinen Tagesablauf« bis »Sex mit einem Warrior«. Letzteres zeigte ein verschlüsselter Sender im Nachtprogramm.

Andrew hieß das nicht gut, aber solange alle Beteiligten freiwillig handelten, würde er den Bürgern diese Unterhaltung nicht verwehren. Gewisse Dinge ließen sich eben nicht so einfach und schnell ändern.

Unglaublich, womit er sich neben den Amtsgeschäften abgeben musste. Kein Wunder, dass er kaum noch zum Durchatmen kam. Natürlich konnte er sich hin und wieder ein klein wenig Zeit abzweigen, doch dann machte er lieber Sport. Wenn er tief in sich hineinhorchte, kam ihm sein Job gerade recht. Er war eine gute Ausrede, um nicht so oft unter Leute zu gehen – vor allem in privater Hinsicht.

Die Partnerstadt Resur besuchte er meist auch nur aus politischen Gründen; vielleicht, weil er nicht sehen wollte, wie glücklich Sonja und Veronica mit ihren Gefährten waren – beides ehemalige Warrior. Ob Andrew deshalb wie ein Besessener Gewichte stemmte? Weil die zwei einzigen Frauen, für die er je mehr empfunden hatte als Freundschaft, Männer mit starken Muskeln bevorzugt hatten?

Wenn er sich heute im Spiegel betrachtete, erkannte er sich fast nicht wieder und glaubte kaum, was für einen Aufstieg er hingelegt hatte: vom Rebellenführer zum Präsidenten. (Sein Leben als privilegierter Senatorensohn zählte er nicht dazu.)

Affären ging er ebenfalls aus dem Weg – schließlich wurde noch genug schmutzige Wäsche gewaschen. Sein altes Ego kam ihm manchmal in die Quere; es gab Bürger, die es nicht guthießen, dass der ehemalige Feind nun ihre Stadt regierte. Daher wollte Andrew nichts falsch machen und konzentrierte sich auf seine Arbeit. Trotzdem fehlte ihm etwas Grundlegendes: Geborgenheit, die Umarmung einer Frau oder besser noch ihre heißen Schenkel, die sich um seine Beine schlangen. Er war eben ein Mann mit Bedürfnissen, die viel zu lange nicht befriedigt worden waren.

Warum nur war ausgerechnet Emma die Frau, zu der er sich hingezogen fühlte?

Er musste aufhören, von ihr zu träumen, sie irgendwie aus dem Kopf bekommen. Er wollte das Arbeitsverhältnis nicht gefährden, außerdem bekäme ihm der Klatsch nicht, und eine Affäre würde ihn lediglich von seinen Aufgaben ablenken.

Kapitel 1 – Emmas Auftrag

»Ein weiterer Tag im Paradies geht zu Ende«, murmelte Emma. Sie gönnte sich den Luxus, kurz die Hände am Fensterbrett aufzustützen, um aus dem Regierungsgebäude zu sehen. Von dort aus beobachtete sie Bürger, die von der Arbeit kamen und über die Gehwege schritten.

Als Sekretärin des Präsidenten hatte Emma so viel zu tun, dass sie meist spätabends völlig erschöpft nach Hause kam. Dazu gesellte sich die Angst, ihre wahren Absichten könnten auffliegen. Ununterbrochen stand sie unter Druck.

Tief atmete sie durch und blickte auf die gigantische Kuppel, die White City wie eine Käseglocke von den Outlands abschirmte. Außerhalb dieser Hülle würden bald wieder die Sterne am beginnenden Nachthimmel blinken; davon bemerkte man unter dem Schutzmantel nichts. Irgendwie schade, es wäre schön, die Sterne auch von hier aus betrachten zu können …

Was hatte sie nur für Vorstellungen? Ließ sie sich bereits von dem Gedankengut der einstigen Rebellen infizieren?

Als plötzlich Mr. Pearson hinter ihr stand, schaffte sie es, nicht zusammenzuzucken. Sie spürte seine Präsenz körperlich und fühlte die Hitze, die er ausstrahlte. In ihm steckte immer noch ein Teil seines alten Ichs – das durfte sie nicht unterschätzen. Andrew Pearson, seit einem Jahr Präsident von White City, war schließlich niemand anderes als der ehemalige Rebellenführer Julius Petri.

Emma hatte die schauerlichsten Geschichten über ihn gehört, doch die Zeiten hatten sich geändert. Alle Bürger, die sich damals gegen das Regime gestellt hatten, waren nun in ihren Augen die Rebellen, das gefallene Regime der Widerstand. Aber sie würden bald wieder auferstehen … Zwar sah der geheime Widerstand keine Chance, White City zurückzuerobern, doch zerstören konnten sie diese Stadt und die regimetreuen Leute aus den Gefängnissen befreien. Dann würden sie alle bestrafen, die in dem neuen System lebten und es guthießen. Das war Stephens Plan.

»Ist es denn das Paradies, Ms. Jones? Es gibt noch eine Menge zu tun.« Der Präsident klang erschöpft, denn er blieb meist noch viel länger im Büro als sie. Emma fragte sich, ob er überhaupt schlief.

Langsam drehte sie sich um und hockte sich auf den niedrigen Sims. Mr. Pearson stand viel zu dicht bei ihr, und diese intime Nähe war ihr unangenehm. Zumindest löste sie bei ihr Herzrasen und Händezittern aus, weshalb sie die Arme vor der Brust verschränkte. Sie durfte sich nichts anmerken lassen, denn sie hatte einen Auftrag.

Niemand hatte sie auf eine Situation wie diese vorbereitet, aber sie würde nun trotzdem nicht schwach werden, bloß weil dieser Kerl nett zu ihr war und umwerfend aussah. Ja, leider sah er noch viel besser aus als vor einem

Jahr, als er das Amt übernommen hatte. Damals war er eher schmächtig gewesen, fast noch ein Junge, obwohl er die Zwanzig längst überschritten hatte. Jetzt stand vor ihr ein richtiger Mann. Außerdem machte er Krafttraining. Unter seinem weißen Hemd wölbten sich sanft die Brustmuskeln, und an den Oberarmen spannte der Stoff leicht, wenn er sich durch das kurze blonde Haar fuhr.

Emma räusperte sich. »Wollen Sie nicht nach Hause gehen, Mr. President? Ich kann das hier fertig machen.« Sie musste noch einen Bericht über einen Wohltätigkeitsverein für mittellose Resurer schreiben. Die ehemalige Senatorentochter Veronica Murano und Ex-Geliebte von Mr. Pearson leitete die Organisation. Die beiden waren gute Freunde und arbeiteten weiterhin eng zusammen. Wenn Mr. Pearson wüsste, dass sie, Emma, mithelfen wollte, Veronicas Vater zu befreien!

»Sagen Sie bitte endlich Andrew zu mir. Wir sitzen seit zwei Monaten aufeinander, da müssen wir nicht mehr so förmlich miteinander umgehen.« Als er lächelte und sich Grübchen in seinen Wangen bildeten, hätte sie ihm am liebsten die Faust in den Magen gerammt. Mühsam unterdrückte sie den Reflex. Er sollte sie nicht auf diese Art anblicken, schon gar nicht mit diesen intensiv-grünen Augen, obwohl sie sich glücklich schätzen sollte, dass er es tat. Das würde ihr Vorhaben erleichtern. Am besten, er würde sie zu sich nach Hause einladen, wo weder Steel noch Fire in der Nähe waren. Die zwei Bodyguards, ehemalige Warrior, bewachten den Präsidenten auf Schritt und Tritt. Auch jetzt stand einer der beiden vor der Bürotür.

»Na gut. Andrew.« Sie setzte ein hoffentlich entzückendes Lächeln auf und wischte sich die feuchten Finger möglichst unauffällig an ihrem Businesskostüm ab. »Ich bin Emma.«

Überrascht hob er die Brauen und hielt ihr grinsend die Hand hin. »Ich hätte nicht gedacht, dass dieser Tag einmal eintrifft, Emma.«

Oh Gott, wie er ihren Namen aussprach … Als würde er wie Honig auf seiner Zunge zerfließen. Und als seine warme Hand die ihre drückte, schienen Stromimpulse durch ihren Körper zu jagen.

Nicht gut!

Er hielt ihre Hand einen Moment länger als üblich, wobei er ihr tief in die Augen blickte und dafür sorgte, dass ihr Magen verrückt spielte. Danach hockte er sich wieder hinter seinen großen Schreibtisch.

Ihrer befand sich seinem gegenüber, sodass sie sich ansehen konnten. Mr. P… Andrew hatte darauf bestanden.

»Also machen Sie heute wieder Überstunden?«, fragte sie und stellte sich neben ihn.

»Ich weiß Ihren Eifer zu schätzen, Emma, trotzdem dürfen Sie ohne schlechtes Gewissen nach Hause gehen.« Lächelnd schaute er zu ihr auf.

»Wartet denn niemand daheim auf Sie?« Emma senkte hastig den Kopf, da sie sich beinahe nackt vorkam, wenn er sie derart anstarrte. Sie fühlte, wie sein Blick an ihrem Körper hinabglitt und auf ihren Beinen ruhen blieb, die in schwarzen Seidenstrümpfen steckten. Warum musste sie auch so einen kurzen Rock tragen?

Weil Stephen *es will*, dachte sie. *Stell dich nicht so an, nutze deine Chance!*

Sie hatten auf eine persönlichere Ebene gewechselt, jetzt musste sie am Ball bleiben. Emma hatte Stephen erklärt, dass sie nicht weiterkam und keine wertvollen Informationen fand, daher hatte er ihr nun aufgetragen, ihre Verführungsküste spielen zu lassen. Vielleicht würde ihr der Präsident dann vertrauliche Informationen zustecken.

Was denn für Künste? Sie konnte lediglich improvisieren, daher rückte sie noch ein Stück näher. »Verzeihen Sie meine Indiskretion.«

Er winkte ab. »Auf mich wartet tatsächlich niemand. Aber gehen Sie ruhig, Sie machen ohnehin zu viele Überstunden.«

»Auf mich wartet auch niemand«, platzte es aus ihr. Lediglich morgen musste sie pünktlich das Büro verlassen, damit sie den Kommunikator checken konnte. Sonntagvormittags um zehn schickte Stephen ihr aus New World City neue Anweisungen, doch da hatte sie ohnehin ihren freien Tag. Allerdings musste sie dazu nach draußen, und das tat sie besser nicht nachts. Löwen und andere Raubkatzen trieben sich in der Wüste herum. Es waren längst nicht mehr so viele wie noch vor zwei Jahren, als die äußere Schutzmauer gefallen und die vier Tore nach draußen geöffnet worden waren. Ein ehemaliger Krieger, der nun in Resur lebte, fing die Tiere mit seiner Gruppe ein und flog sie in ein entferntes Reservat. Trotzdem war es noch viel zu gefährlich.

Nitro … die Geheimwaffe des alten Regimes und nun völlig nutzlos für den Widerstand. Stephen hatte ihr von dem Warrior erzählt. Jetzt war Emma diejenige, auf die der ehemalige Senat baute. Vom Gefängnis aus zogen die verhafteten Politiker immer noch die Fäden. Doch die meisten Befehle kamen direkt von Stephen Murano aus New World City. Er hatte sich geschworen, seinen Bruder Robert zu rächen, der hier ebenfalls im Gefängnis einsaß.

Andrew schloss die Augen und legte den Kopf zurück. »Wir sind schon ein perfektes Paar.«

Paar … Sie schluckte. Er meinte das lediglich im beruflichen Sinn, dennoch zwickte es in ihrem Magen. Er schien genauso einsam zu sein wie sie. Da keiner wissen durfte, dass Stephen ihr Patenonkel war, hatte sie niemals engere Bindungen zu anderen aufgebaut. Ihre Seelenverwandte und einzige Vertraute, ihr Ein und Alles, war ihre Zwillingsschwester Yana, doch die befand sich bei Stephen. Emma vermisste sie höllisch. Yana war ganz anders als sie, sprunghaft, impulsiv und draufgängerisch. Ihr Gegenpol. Die einzige Gemeinsamkeit war das geringfügig ähnliche Aussehen, denn sie waren zweieiige Zwillinge.

Emma hatte keine Freundinnen und mit Männern noch nie eine ernsthafte Beziehung geführt. Eine flüchtige Begegnung mit irgendeinem Kerl aus einer Bar war mal dabei gewesen, weil sie unbedingt ihre Jungfräulichkeit hatte verlieren wollen, doch es hatte nicht geklappt, weil er sturzbesoffen war. Danach hatte es keine Männer mehr gegeben. Ihr fehlte Erfahrung, wie sie das andere Geschlecht mit weiblichen Waffen niederstrecken sollte. Das hatte ihr niemand beigebracht.

Sie stellte sich hinter Andrew, legte die Hände seitlich an seinen Nacken und massierte die harten Muskelstränge.

Er riss die Augen auf, wobei er den Kopf immer noch zurückgelegt hatte, und sein Blick traf sie wie eine Feuerwand.

Sofort zog sie die Hände weg. »E-entschuldigung, das war nur ein Reflex von mir, Sie haben so erschöpft gewirkt und verspannt und …«

Seine Mundwinkel zuckten. »Alles okay. Sie dürfen weitermachen.« Erneut schloss er die Lider, und sie legte ihre zitternden Hände abermals an seinen Nacken.

Andrew wusste nicht, wann er zuletzt etwas so genossen hatte wie diese sanfte Massage. Obwohl er Sport trieb, fühlte sich die Schulterregion ständig verkrampft an. Emma drückte den Daumen in die harten Stellen und massierte sie.

Kurze Zeit später ließ sie die Hände nach vorne gleiten und öffnete die oberen Knöpfe seines Hemdes, sodass die Berührung ihrer Finger auf seiner Brust bis zwischen seine Beine schoss. Sein Penis zuckte, und am liebsten hätte er die Hand auf den Schritt gelegt. Hoffentlich bekam er keinen Steifen. Das wäre ihm vor seiner Sekretärin zu peinlich. Es war schon schlimm genug, dass sie ihn in seinen Träumen quälte. Oder träumte er vielleicht gerade? War er vor Erschöpfung eingeschlafen?

Er traute sich nicht die Augen zu öffnen, aus Angst, sie würde mit ihren Zärtlichkeiten aufhören. Gebannt wartete er darauf, dass sie seine halb entblößte Brust streichelte, stattdessen zog sie das Hemd am Nacken tiefer und setzte ihre Massage fort. Beinahe entfuhr ihm ein Stöhnen, so herrlich fühlten sich ihre Berührungen an.

Was sollte er von ihrem Benehmen halten? Das war offensichtlich ein Anmachversuch – und der passte nicht zu der Ms. Frost, die er bisher kennengelernt hatte. Er schätzte sie gewissenhaft, eifrig und eher steif ein, obwohl ihre Bewegungen geschmeidig und elegant waren, ja, beinahe anmutig, als wäre sie keine Sekretärin, sondern eine Königin. Ihre Businesskostüme ließen zwar erahnen, was für eine umwerfende Figur sie darunter besaß, zumindest wenn sie wie jetzt ihr konservatives Jäckchen abgelegt hatte. Und außerdem hatte er sie heimlich beim Joggen beobachtet. Aber die hochgesteckten Haare und ihre kühle Art hatten bisher eher ein wenig abschreckend auf ihn gewirkt. Plötzlich erschien sie ihm wie ausgewechselt. Ja, offenbar machte sie ihn tatsächlich an! Sollten sich seine erotischen Träume erfüllen? Er konnte es kaum fassen!

Andrew lauschte ihrem schneller werdenden Atem und genoss weiterhin ihre Finger an seinem Nacken. Ab und zu verirrten sie sich an seinen Hals, streichelten ihn sanft und fuhren über seine Ohrmuscheln.

Er erschauderte wohlig. Ob er sich mit Emma vielleicht eine geheime Affäre erlauben konnte? Bei dem Gedanken daran, sie gleich hier auf seinem

Schreibtisch zu nehmen, wurde er im Nu hart.

Er riss die Augen auf, drehte sich im Stuhl zu ihr herum, schob ihren kurzen Rock nach oben und zog sie zu sich.

Mit einem leisen Aufschrei landete sie rittlings auf seinem Schoß, woraufhin sie sich mit ihren langen Beinen an seine Hüften klammerte. Ihre Finger krallten sich in seine Schultern, und sie senkte den Kopf, als würde sie sich schämen, dass er zwischen ihre Beine sehen konnte. Er hatte tatsächlich nur Augen für den schwarzen Spitzenstoff, der unter dem hochgeschobenen Rock hervorblitzte. Andrew legte die Hände auf die bestrumpften Schenkel, danach fixierte er ihre Brüste, deren harte Nippel gegen die Seide der Bluse drängten.

Emma hielt weiterhin den Kopf gesenkt und atmete schwer. Aber er wollte ihr ins Gesicht blicken, wollte ihre Emotionen erforschen und wissen, was hinter dieser süßen Stirn vorging.

Andrew hob ihr Kinn mit dem Zeigefinger. »Sieh mich an, Emma.«

Sie zögerte kurz, dann schaute sie ihm fest in die Augen – und Andrew stockte der Atem. Emmas Iriden waren außergewöhnlich schön. Um die Pupillen leuchtete ein sattes Grün, das an den Rändern in ein dunkles Goldgelb überging. Das war ihm bisher nie aufgefallen, auch nicht, welche langen natürlichen Wimpern sie besaß. So genau hatte er sie noch nie betrachtet, aus Angst, sie könnte merken, was sie mit ihm anstellte. Ihm kam es vor, als würde eine völlig fremde Frau auf seinem Schoß hocken.

»Ich will dich küssen«, sagte er, ohne über seine Worte nachzudenken.

Ja, er wollte sie tatsächlich auf diese sinnlichen Lippen küssen, die direkt vor seinen Augen lagen.

»Andrew …«, wisperte sie, wobei sich ihre Wangen tiefrot färbten.

Er nahm ihr herzförmiges Gesicht zwischen die Hände, und Emma entzog sich ihm nicht, allerdings kam sie auch nicht näher.

Kurz bevor sein Mund den ihren erreichte, schloss sie die Augen. Wie ein verschrecktes Kind kam sie ihm auf einmal vor.

Was, wenn sie ihn nicht wollte und nur mitspielte, um ihren Job nicht zu verlieren? Andrew wollte die Situation auf keinen Fall ausnutzen, sondern wissen, ob sie das freiwillig tat. Daher drehte er leicht den Kopf, hauchte einen Kuss auf ihre Wange und fuhr mit den Händen über ihren Hals.

Ihr Keuchen drang in sein Ohr, ihre Finger krallten sich fester in seine Schultern. Offenbar gefiel es ihr.

Er konnte nicht widerstehen und wollte ihr Haar berühren, doch dazu musste er die gebändigte Mähne befreien. Daher zog er die langen Nadeln heraus, bis es in großen Wellen über ihre Schultern fiel. Dann nahm er eine seidige Strähne zwischen die Finger.

Vehement hielt sie die Augen geschlossen und rührte sich nicht, lediglich ihr abgehackter Atem stieß gegen sein Gesicht.

»Du bist eine hübsche Frau«, raunte er und legte eine Hand erneut an ihren Schenkel, um ihn zu streicheln.

Emma zuckte, als er an der Innenseite entlangglitt, auf ihre heiße Mitte zu. Kurz bevor er mit den Fingerspitzen den Slip berührte, hielt er inne, seine Lippen Millimeter von ihrem Mund entfernt.

»Küss mich, wenn du willst«, verlangte er.

Andrew spürte ihr Zögern fast psychisch, als wollte sich etwas tief in ihrem Inneren dagegen sträuben, daher erstaunte es ihn, dass sie sich tatsächlich ganz zu ihm beugte und die Lippen auf seinen Mund drückte.

Hemmungslos stöhnte er und vergrub die Finger in ihren Pobacken, um sie näher an sich zu ziehen. Sie sollte spüren, was sie in ihm auslöste. Oder hätte das gerade jede Frau geschafft?

Er wusste es nicht, wusste nur, dass ihr Kuss süß schmeckte, aber auch ein wenig unschuldig.

Da sie weiterhin die Finger in seine Schultern grub, vermutete er, dass sie über wenig Erfahrung verfügte, was ihm umso mehr gefiel. Er würde ihr alles beibringen, er wollte der Erste sein, der ihren Körper zum Beben brachte.

Während sie ihn zurückhaltend küsste, stellte er sich vor, Emma zwischen seine Beine zu holen, sie auf die Knie zu zwingen, seine Hose zu öffnen und ihren Kopf an seinen Schwanz zu drücken. Er war so hart, dass er gleich platzte. Ihre Lippen sollten sich um seine Eichel legen und alles aus ihm saugen, und er würde in ihren Mund kommen.

Als er die Zunge hinzunahm, um den Kuss zu intensivieren, und eine Hand an ihre Brust legte, zuckte sie zusammen und versteifte sich.

Sie wollte das nicht. War er zu forsch rangegangen?

Der schwindelerregende Nebel in seinem Kopf klärte sich ein wenig, und sofort rückte er von ihr ab.

Verdammt, was war nur in ihn gefahren? Keine fünf Meter von ihm entfernt stand sein Bodyguard Steel hinter der Tür. Als ehemaliger Warrior verfügte er über Supersinne und hatte sicher längst bemerkt, was sich hier abspielte. Zwar vertraute Andrew ihm, Steel war diskret, trotzdem war das Büro des Präsidenten nicht der richtige Ort, um mit einer Frau zu schlafen.

»Besser, du gehst jetzt«, sagte er rau. Sein Schwanz stand immer noch wie eine Eins, und Andrew war kurz davor, über sie herzufallen.

»Ich … ähm … ja.« Ihr Gesicht glühte regelrecht. Andrew spürte die Hitze, als er seine Hand ein letztes Mal an ihre Wange legte, um ihren Mund zu küssen.

Emma schaute ihn ein wenig verwirrt und verunsichert an, rutschte hastig von seinem Schoß, richtete ihr Kostüm und schnappte sich die Handtasche von ihrem Schreibtisch.

»Wir sehen uns dann am Montag«, sagte sie, ohne ihn anzublicken, und verließ fluchtartig das Büro.

Stöhnend legte sich Andrew auf seinem Stuhl zurück und presste die Hand auf seinen pochenden Schwanz.

Verdammt, so weit hätte es nie kommen dürfen. Ob er sich nun schon wieder eine neue Sekretärin suchen durfte? Emma Jones war die beste, die er je hatte. Außerdem verfügte sie über einen Top-Lebenslauf und hatte keine Verbindungen zu den ehemaligen Senatoren. Im Gegenteil, ihre Schwester war kurz vor dem Sturz des alten Regimes umgebracht worden, weil man ihr Verbindungen zu den Rebellen, zu denen er auch gehört hatte, unterstellte. Andrew sprach daher das Thema nie an, er wollte keine Wunden aufreißen. Emma gehörte der eher zufriedenen Mittelschicht an und hatte auch beruflich die besten Voraussetzungen mitgebracht, da sie zuvor für die einzige Hochzeitsfirma der Stadt gearbeitet hatte. Organisieren und Planen fiel ihr nicht schwer; sie hatte sich ziemlich schnell eingearbeitet.

Hoffentlich blieb sie lange bei ihm. Die Angestellten, die er vor ihr gehabt hatte, hatten meist nach wenigen Wochen gekündigt, weil sie dem Druck nicht standgehalten hatten. Die politische Lage war immer noch angespannt, zu viele Bürger wollten ihm an den Kragen. Der Widerstand formierte sich und zog im Untergrund die Strippen.

Verdammt, er wollte Emma nicht verlieren, er brauchte sie an seiner Seite. Doch wie sollte er sich ihr am Montag gegenüber verhalten?

Es klopfte, die Tür ging erneut auf und Steel steckte den Kopf herein. Der Krieger fuhr sich über das kurze schwarze Haar und grinste ihn an. »Alles in Ordnung, Mr. President?«

Andrew grinste zurück. Steel konnte sicher sein rasendes Herz hören. »Alles okay. Da Sie bestimmt mitbekommen haben, was vorgefallen ist, bitte ich Sie, Stillschweigen zu bewahren.«

Steel fuhr sich mit Daumen und Zeigefinger über die Lippen, als würde er einen Reißverschluss zuziehen. Dann nuschelte er: »Ich weiß nicht, wovon Sie sprechen, Boss«, und schloss die Tür.

Andrew mochte den Mann. Er hatte Humor und war immer gut gelaunt. Solche Leute brauchte er um sich.

Prompt stahl sich wieder Emma in seinen Kopf, und er schmunzelte. Bisher hatte er immer gedacht, sein politisches Amt stellte ihn vor unlösbare Aufgaben, aber seine sexy Sekretärin toppte alles. Sie und ihre Auswirkungen auf ihn überforderten ihn gerade ein wenig.

Kapitel 2 – Verwirrt

Andrews intime Berührungen hatten Emma zutiefst verwirrt. Erst hatte sie gedacht, es würde sie anekeln, vom ehemaligen Rebellenführer geküsst zu werden, schließlich hatte man ihr den Hass auf diese Leute jahrelang eingebläut, stattdessen hatte es ihr gefallen. Ja, sie hätte an seinem Mund dahinschmelzen können, wenn er sie nicht plötzlich weggeschickt hätte.

Hatte er ihr kurzes Zögern bemerkt? Oder war er lediglich zur Besinnung gekommen? Er war der Präsident, verdammt!

Was, wenn er sie entließ? Stephen würde wütend werden. Sie war seine letzte Chance, seinen Bruder aus dem Gefängnis zu holen!

Robert Murano saß im Hochsicherheitstrakt. Es gab nur eine Möglichkeit, ihn und die anderen Senatoren zu befreien: Emma musste ein Computervirus einschleusen, der das Schließsystem für kurze Zeit außer Kraft setzte. Stephen hatte schon alles bis ins kleinste Detail geplant. Er sprach von einem Chaos, das er für sich nutzen wollte, mehr wusste sie noch nicht. Am liebsten würde er die ganze Stadt in Schutt und Asche legen, aber das hob er sich für später auf. Robert hatte Priorität.

Genau wie Yana für sie Priorität hatte, wobei sie den Gedanken, dass ihre Tat Menschenleben kosten könnte, weit wegschob.

Emma war Stephen dankbar, dass er sie und ihre Schwester als Kleinkinder unter die Fittiche genommen hatte, nachdem ihre Eltern bei einem Shuttleabsturz ums Leben gekommen waren. Eine Pflegefamilie hatte sie liebevoll und regimetreu erzogen, doch was er nun von ihr verlangte und womit er sie erpresste … Es war ein Albtraum! Wie konnte er Yana und ihr so etwas antun, wo er schließlich in einer ähnlichen Situation steckte?

Stephen musste über Jahre geplant haben, eine von ihnen einmal für seine Zwecke zu missbrauchen. Er hatte immer dafür gesorgt, dass Yana und sie ein Team waren, zusammen lebten, wie Pech und Schwefel vereint … bis er Yana eines Tages, nachdem in White City die ersten Unruhen begannen, exekutieren ließ, weil man ihr Verbindungen zu den Rebellen nachgesagt hatte. Tatsächlich war das ein weiterer Teil von Stephens Plan gewesen, um Emmas Spionagetätigkeit vorzubereiten, denn Yana lebte nun mit ihm in New World City.

Ihre Abwesenheit hatte ein Loch in Emmas Herz gerissen. Sie durfte ihre geliebte Schwester erst wiedersehen, wenn sie ihre Aufgaben erfüllt hatte.

Um das Chaos in Gang zu setzen, musste Emma an einen Rechner im Gefängnis gelangen. Übernächste Woche war sie mit Andrew dort, um mit dem Leiter über neue Sicherheitsvorkehrungen zu sprechen. Das ganze System der Stadt sollte umprogrammiert werden, um noch sicherer vor Cyberangriffen zu werden. Vor allem aber sollte kein Außenstehender – wie Stephen – irgendwie Zugang zum alten System erhalten können. Der Widerstand – das

Volk verwendete auch das Wort »Opposition« – nutzte ihre Kommunikationswege, nur war es schwer, diese nachzuvollziehen. Das würde nicht so bleiben, wenn das System erneuert wurde. Emma musste unbedingt vorher den Virus eingeben. Die Sequenz kannte sie auswendig, sie musste bloß ein paar Buchstaben und Zahlen austauschen.

Was, wenn Andrew sich jetzt eine andere Sekretärin suchte? Das durfte nicht geschehen!

Sein Kuss ... Dieser verdammte Kuss!

Der Geschmack von Andrews Mund, das Gefühl seiner Zunge in ihr, seine großen warmen Hände an ihren Beinen ... In ihrem Kopf drehte sich alles, als wäre sie zu lange Karussell gefahren.

Sollte es ihr Auftrag erfordern, mit Andrew zu schlafen, musste sie das tun. Emma hatte deshalb Albträume, aber nun befürchtete sie, diese Träume könnten sich in sündige Fantasien verwandeln, in denen Andrew nicht brutal über sie herfiel, sondern sie leidenschaftlich liebte.

Sie hatte ihn bisher als anständigen Mann kennengelernt, doch sein gieriger Kuss hatte ihr kurz Angst gemacht. Andrew hatte ihr Angst gemacht. Sie konnte ihn nicht einschätzen. Er sollte brutal und unberechenbar sein und sich hervorragend verstellen können. Zumindest hatte Stephen ihr das eingetrichtert. Falls das stimmte, konnte Andrew sein wahres Ich besser tarnen als sie ihres. In seiner Nähe fühlte sie sich, als könne er bis in ihre Seele schauen, weshalb sie es immer vermieden hatte, ihn zu lange anzublicken. Doch auf normale Art kam sie nicht weiter. Sie musste enger an diesen Mann heran, denn im Büro hatte sie keine Aufzeichnungen über seine Pläne gefunden, andere Städte von deren Regime zu befreien. Aber dass er solch einen Anschlag plante – da war sich Stephen sicher. Vielleicht würde sich Andrew ihr anvertrauen, wenn sie wirklich ein Paar waren?

Zum Glück lag Emmas kleines Apartment in der Nähe des Regierungsgebäudes, daher hatte sie keinen weiten Weg bis nach Hause. Sofort schlüpfte sie aus ihrem Kostüm und in ein Laufdress, band sich die Haare im Nacken zusammen und joggte zum Osttor. Sie musste dringend eine Runde unter freiem Himmel drehen, denn Laufen war eine gute Möglichkeit, den Kopf freizubekommen.

Sie grüßte die beiden Wachen vor der massiven Stahltür, drückte den Daumen auf den Scanner, und die Schleuse öffnete sich. Jeder, der in die Outlands wollte oder von dort kam, musste sich an der Schleuse an- oder abmelden.

»In einer Stunde ist es da draußen stockdunkel, Ms. Jones«, sagte einer der ehemaligen Warrior, nachdem er einen Blick auf das Display geworfen hatte.

Sie nickte. »Ich weiß, ich werde rechtzeitig zurück sein.«

Als sich das zweite Tor nach draußen öffnete, atmete sie tief die trockene Luft ein. Obwohl es bereits dämmerte, strahlte die Wüste noch Hitze ab. Nur dass hier nicht mehr alles Wüste war. Vor einem halben Jahr war der neu angelegte Freedom Park eröffnet worden, den sowohl Besucher aus Resur als auch alle Bürger von White City kostenlos nutzen durften. Riesige Sonnensegel spannten sich über Kieswege und teilweise über die grünen Wiesen, nachts sorgten Rasensprenger dafür, dass die Wüste erblühte. Ein Meer an bunten Farben und Gerüchen schwappte ihr entgegen, überall wuchsen Pflanzen und es gab einen künstlich angelegten See. Das Wasser wurde vom mehrere Meilen entfernten Lake Mead abgeleitet. Sogar baden durfte man darin, nur größere Mengen davon sollte man wegen der leichten Verstrahlung nicht schlucken.

Andrew hatte ein wirklich schönes Projekt auf die Beine gestellt, das musste sie zugeben.

Um das etwa fünfzig Hektar große Parkareal erstreckte sich ein Maschendrahtzaun, der die Besucher vor Raubtierangriffen schützen sollte. Trotzdem wurde empfohlen, sich nach Einbruch der Nacht nicht mehr in der Anlage aufzuhalten. Wildtiere waren unberechenbar, sie konnten sich sogar unter dem Zaun durchgraben.

Tief durchatmend sprintete sie los, vorbei an einer Familie mit Kindern und verliebten Pärchen, die ihr entgegenkamen. Der Park leerte sich bereits, bald würde sie wie immer fast allein ihre Runden drehen. Sie lauschte dem Knirschen der Steinchen unter ihren Schuhsohlen und dem Gesang der Vögel, die in den Baumkronen Nester bauten. Dabei schloss sie die Augen und lief blind weiter, verließ sich auf ihren Hörsinn und korrigierte die Spur, wenn sie Rasen unter den Füßen spürte.

In diesen Momenten fühlte sich Emma frei. Ihr Leben lang hatte sie immer das getan, was Stephen für sie vorgesehen hatte. Sie war es nicht anders gewohnt und akzeptierte es weitgehend, dennoch wünschte sie manchmal, aus ihrer Verantwortung ausbrechen zu können und einfach nur sie selbst zu sein.

Was würde sie tun, wenn sie frei wählen könnte? Welchen Beruf hätte sie ergriffen?

Sie liebte es zu zeichnen, und das Schreiben machte ihr auch Spaß. Müsste sie nicht den ganzen Tag Berichte tippen, würde sie sich vielleicht an einem Roman versuchen. Etwas Romantisches, über ein tragisches Liebespaar.

Kleidung zu entwerfen würde ihr auch gefallen. Auf jeden Fall müsste es ein kreativer Beruf sein. Designerin, Architektin … Es hätte ihr große Freude bereitet, diesen Park mitzuplanen. Sie hätte einige Dinge anders gemacht. Den See als Zentrum fand sie gut, daran würde sie nichts ändern, doch sie würde mehr Bänke aufstellen und drumherum mehrere kleine Pavillons – nicht nur den einen großen –, mit einem runden Tisch in der Mitte, an dem Kinder spielen oder Familien Picknick machen konnten.

Ein Kletterturm mit einer riesengroßen Röhrenrutsche oder ein Streichelzoo wären auch nett. Darüber hatte sie in alten Unterlagen gelesen. Ein ehemaliger Arzt aus dem White City Hospital digitalisierte Papierbücher aus der Resurer Bibliothek. Wie gerne würde sie einmal dieses Bücherparadies besuchen …

Emma riss die Augen auf, da sie wieder einmal vor ihren Gedanken erschrak. Sie wurde schon wie sie, dabei gehörte sie doch zur Opposition!

Mit Schaudern dachte sie an ihre Pflegemutter, die zwar die meiste Zeit nett zu ihnen gewesen war, doch sobald Yanas oder ihre Gedanken in die falsche Richtung gedriftet waren, hatten sie sich eine ordentliche Ohrfeige eingefangen und die Satzungen des Regimes abschreiben müssen. Hatte sich Yana danebenbenommen, hatte Emma ihr heimlich beim Schreiben geholfen, da sie fast dieselbe Handschrift besaßen, und umgekehrt. Sie waren zusammen durch dick und dünn gegangen.

Seit sie auf eigenen Beinen stand, besuchte sie ihre Pflegeeltern, die immer noch in White City lebten, selten. Irgendwie hatte sie sich nie dazugehörig gefühlt. Ihre einzige Familie war und blieb ihre Schwester.

Emma fasste sich an die Wange. Sie durfte ihre Mission niemals in Frage stellen oder sie sah Yana nie wieder. Fühlte sie sich hier draußen womöglich zu wagemutig? Weil hier niemand war, der sie beobachtete? Im Park gab es keine Kameras, nur ab und zu liefen Wachmänner durch die Anlage, um nach dem Rechten zu sehen. Um diese Zeit waren sie aber mit der Abfertigung an der Schleuse beschäftigt. Trotzdem hatte sie auch hier ständig das Gefühl, ein Kribbeln im Nacken zu spüren, als würde sie jemand verfolgen.

Das war nicht so, oder? Sie traute Stephen schließlich alles zu.

Ob er Wort hielt? Er hatte versprochen, dass sie auf diese geheime Insel im Indischen Ozean gebracht wurde, wenn sie den Auftrag zu seiner Zufriedenheit erledigte. Dort gab es keine Kuppel, nur türkisfarbenes Meer, weißer Sand, Palmen und ein Leben in Frieden. Was sie aber von allem am meisten wollte, war ihre Schwester endlich wiederzusehen, die dann mit ihr auf Paradisia leben durfte. Ob es ihr gutging? Sie hatten seit zwei Jahren keinen Kontakt mehr, zumindest nicht direkt. Diese Ungewissheit zermürbte sie, da half es nicht, dass ihr Stephen ständig bestätigte, dass sich Yana bester Gesundheit erfreute, oder ihr ab und zu ein Foto von ihr schickte oder eine Sprachaufzeichnung.

Wenn sie doch vorher gewusst hätte, worauf sie sich einließ! Aber Stephen hatte ihr keine Wahl gelassen und den Auftrag zuvor nicht verraten dürfen – oberste Geheimhaltungsstufe. Sie hatte lediglich gewusst, dass ihr eine bedeutsame Mission zuteil wurde, so bedeutsam, dass es für ein Leben auf Paradisia reichte.

Emmas Magen zog sich zusammen. Wie konnte ihr eigener Patenonkel, der sich nie persönlich um sie gekümmert hatte, von ihr verlangen, einen Staatsmann auszuspionieren? Dazu war sie nicht geschaffen, nur die Erinnerung an Yana ließ sie durchhalten.

Ihre Verwirrung steigerte sich, je mehr sie über ihr Leben nachdachte. Es sollte sie stolz machen, Teil eines derart wichtigen Plans zu sein. Stattdessen fühlte sie … Reue? Verzweiflung? Hoffnungslosigkeit?

Nicht denken, weiterlaufen …

Normalerweise nutzte Emma den Park nicht nur zum Joggen, denn der Sport diente eher als Tarnung. Hierher kam sie, um mit Stephen in New World City zu sprechen. Versteckt in einem Kasten mit elektrischen Anschlüssen befand sich ein Kommunikator, über den sie mit ihm im Notfall Kontakt aufnehmen konnte. Ansonsten hinterließ er ihr in regelmäßigen Abständen Befehle als Textnachricht, die sie lediglich zu bestätigen brauchte. Ein verschlüsselter Text war sicherer als die Übertragung eines Gespräches, das leichter abgefangen werden konnte.

Emma atmete tief durch und beschleunigte das Tempo. Sie würde noch eine weitere Runde drehen, vorbei am See und dem Kinderspielplatz, dem Eisstand, der bereits geschlossen hatte, dem Kiosk und anderen Einrichtungen, die den Besuchern die Hitze erträglich machten.

Obwohl sie früher nie Sport getrieben hatte, strengte sie das Laufen kaum an. Sie besaß eine hervorragende Ausdauer und schwitzte hauptsächlich wegen der Wüstenhitze. Der Abend dämmerte bereits, erste Sterne blinkten auf. Vielleicht sollte sie doch keine ganze Runde mehr laufen und umkehren.

Plötzlich registrierte sie, dass sie nicht mehr allein war. Hinter ihr knirschte der Kies, sie hörte schnelle, schwere Schritte. Ein weiterer Jogger näherte sich, aber er drosselte das Tempo und blieb hinter ihr.

Emma traute sich nicht, einen Blick über die Schulter zu werfen. War das einer von Stephens Leuten? Oder einfach nur jemand der seine Runden drehte, genau wie sie? Warum überholte er sie nicht?

Emma verlangsamte ihre Schritte – die Person hinter ihr ebenfalls. Und gerade jetzt lief sie durch eine skurrile Felsenlandschaft; niemand würde sie hier sehen können. Mannshohe Steine waren herbeigeschafft worden, zwischen denen sich der Weg hindurchschlängelte. Hier saßen tagsüber gerne Leguane und andere Echsen. Auch Schlangen konnte man antreffen, doch man sollte sich ihnen nicht nähern, immer wieder verirrten sich Klapperschlangen oder andere giftige Arten in den Park.

Wer war derjenige, der sie verfolgte?

Als der Weg eine scharfe Biegung machte, nahm sie aus den Augenwinkeln eine Person wahr, die einen grauen Kapuzensweater und eine schwarze Jogginghose trug. Dadurch konnte sie deren Gesicht nicht ausmachen.

Ihr Herz raste. Verdammt, wie sie solche Situationen hasste! Sie war ganz allein, kein Wachmann in der Nähe, bloß diese blöden Felsen!

Natürlich hatte sie gelernt, wie sie sich verteidigen konnte. Aber ob sie gegen einen Mann, der sehr viel mehr wog als sie und offenbar durchtrainiert war, überhaupt eine Chance hatte?

Sie musste raus, in etwa hundert Meter nahm die Felsenlandschaft ein Ende und eine Picknickwiese schloss sich an. Darüber konnte sie entkommen.

Daher nahm sie die Beine in die Hand und gab alles, bis sie nur noch ihren Atem hörte und das Rattern des Pulses in ihren Ohren. Ihre Muskeln brannten, doch sie lief noch schneller, von Panik getrieben.

Die Wiese!

Emma bog vom Weg ab und rannte über das Gras. Vor sich erkannte sie den Pavillon am See. Von dort könnte sie nach den Wachen rufen, hinter dem Gebäude lag der Ausgang. Noch etwa zweihundert Meter bis zum See!

»Emma!«

Hatte der Kerl ihren Namen gerufen? Verdammt, er war dicht hinter ihr!

»Emma, ich bin's!«

Als sich eine Hand auf ihre Schulter legte, schrie sie auf, strauchelte und wäre hingefallen, wenn sie der Mann nicht an der Hand gefasst hätte.

Sie drehte sich zu ihm, er zog sie an sich, und beide verloren sie das Gleichgewicht. Sie purzelten ins Gras und kamen auf dem Rücken zu liegen.

Der Mann neben ihr rollte sich auf den Bauch und beugte sich über sie. »Alles okay?«

Sie erkannte seine grünen Augen sofort. »Mr. President!« In ihrer Panik hatte sie seine Stimme nicht erkannt. Offenbar wurde sie langsam paranoid.

»Andrew«, sagte er schwer atmend und zog sich die Kapuze vom Kopf. »Ich wollte dir keine Angst machen.« Er drehte sich erneut auf den Rücken und streckte sich neben ihr auf der Wiese aus.

»Was machen Sie … du … hier?«

»Dasselbe wie du. Ich hab doch schon eher das Büro verlassen und wollte frische Luft schnappen.«

»Ich hab dich hier noch nie gesehen.«

»Ich dich schon«, sagte er grinsend.

Sie schluckte. »Was?«

Schief lächelnd fuhr er sich über sein verstrubbeltes Haar. Sein Gesicht glänzte vor Schweiß, das Shirt klebte an seinem Körper. »Schau mich nicht so schockiert an, alte Gewohnheiten legt man nicht so schnell ab.«

Sie wusste: Ihm war es nicht fremd, sich im Verborgenen zu halten.

»Aber Emma, du bist … Wow, du bist verdammt gut in Form für einen Sesselhocker.«

»Danke«, hauchte sie, wobei sie nur Augen für ihn hatte. Was sollte sie von diesem Mann halten?

Sein Vater war ein einflussreicher Senator gewesen. Sie bewunderte Andrew, wie er dieses Doppelleben gemeistert hatte. Dazu hatte er sich verstellen müssen und war ein verdammt großes Risiko eingegangen, genau wie sie.

»Warum hast du dich nie zu erkennen gegeben?«, fragte sie und hockte sich hin, während er liegen blieb.

»Es soll niemand wissen, dass ich mich ab und zu auch mal gerne ohne Bodyguards bewege. Ich hasse es, so eingeschränkt zu sein.«

Sie konnte es ihm nachfühlen.

Möglichst unauffällig musterte sie seine langen Beine, die in weit geschnittenen Laufhosen steckten, den flachen Bauch, die durchtrainierten Arme … »Ist dir nicht zu heiß unter der Kapuze und der Hose?«

»Und wie, aber was nimmt man nicht alles für ein wenig Freiheit in Kauf.« Er setzte sich ebenfalls auf, schaute sich um und zog sich den Sweater über den Kopf. Damit wischte er sich den Schweiß von der Brust.

Emma schluckte beim Anblick seines nackten Oberkörpers und sah schnell in eine andere Richtung. Zu spät, seine Konturen hatten sich bereits in ihr Gehirn gebrannt.

»Weißt du, was jetzt klasse wäre?« Er nickte in Richtung See. »Ein Bad.«

»Um diese Uhrzeit soll keiner mehr ins Wasser«, erwiderte sie heiser und stellte sich Andrew splitternackt vor. Schließlich hatten sie keine Badekleidung dabei.

Schmunzelnd hob er die Brauen. »Du hältst dich wohl immer an die Vorschriften?«

»Ich passe nur auf, dass sich der Präsident an seine eigenen Regeln hält. Vorbildfunktion, und so.«

Er stand auf, zog sich das Shirt wieder über und streckte ihr die Hand hin. »Du hast recht, wir sollten gehen. Es ist gleich stockdunkel.«

Was, wenn Raubtiere sie witterten? Würden sie den Zaun überwinden können? Die Benutzung des Parks erfolgte auf eigene Gefahr, doch bisher war noch nie ein Unglück geschehen, und das wollte sie auch nicht herausfordern.

Schnell griff sie nach Andrews Hand und ließ sich von ihm auf die Beine helfen.

Als er ihre Finger nicht freigab und sie stattdessen näher an sich zog, sprang ihr beinahe das Herz aus der Brust.

Was nun?

Offenbar hatte er den Kuss im Büro nicht vergessen, denn sein Blick wirkte entrückt. Er fixierte ihre Lippen, sein Kopf kam näher.

Sie wollte ihn küssen und sollte ihn hassen – das passte nicht zusammen! Sie durfte nichts für ihn empfinden, denn das würde ihre Mission verdammt erschweren. Jemanden, den man mochte, verriet man eben nicht so leicht.

»Die Kuppel sieht von hier draußen wunderschön aus, nicht wahr?«, sagte sie deshalb schnell und nickte in Richtung Stadt. Die riesige Blase leuchtete in einem hellen Blau, und darüber blinkten die Sterne.

»Ja, wunderschön«, sagte er, ohne den Blick von ihr abzuwenden.

Sie räusperte sich und entzog ihm sanft die Hand, rückte jedoch nicht von ihm ab. »Wie verhältst du dich an der Schleuse? Was sagen die Wachen, wenn der Präsident persönlich gedenkt, allein einen Spaziergang zu machen? Das ist doch viel zu gefährlich!«

»Ich komme nicht durch die offiziellen Ausgänge, also weiß auch niemand, dass ich hier bin.«

Ihr Herzschlag geriet ins Stolpern. »Es gibt einen geheimen Ausgang?«

»Sogar mehrere.«

Wenn Stephen die kannte, könnten seine Leute vielleicht ungesehen in die Stadt gelangen! »Wo sind die?« Lächelnd drehte sie sich im Kreis. Von woher könnte er gekommen sein? Durch einen unterirdischen Tunnel, der bis nach draußen führte? Schließlich war ganz White City von der Kanalisation durchzogen.

Er zögerte kurz, dann sagte er: »Das darf ich dir nicht verraten. Oberste Geheimhaltungsstufe.«

Oberste Geheimhaltungsstufe …, hallte es in ihrem Kopf nach. Zwischen ihnen gab es so viele Parallelen.

Erneut streckte er ihr die Hand hin. »Komm, ich bring dich noch bis zum Pavillon, weiter kann ich nicht, ohne entdeckt zu werden.«

Sie musste jetzt unbedingt an ihm dranbleiben. Hätte sie den Kuss zuvor doch zugelassen!

Entschlossen umfasste sie seine Finger und schlenderte mit ihm in Richtung See. »Treffen wir uns drinnen noch mal? Also ich meine … nicht im Büro, sondern …«

Er nickte grinsend. »Ecke Pensylvania, vor Joes Diner.«

Emma unterdrückte ein Lächeln. Sie würden sich gleich noch einmal sehen! Wieso war sie deshalb aufgeregt, schließlich begegneten sie sich jeden Tag im Büro!

Was würde vor Joes Diner passieren, worüber sollten sie reden? Sie durfte sich schließlich nicht verplappern.

Bis zum Pavillon schwiegen sie, dann zog er sie an seinen erhitzten Körper, küsste sie und joggte davon.

Himmel, er konnte küssen! Der Park drehte sich vor ihren Augen.

Emma blickte Andrew so lange nach, bis die Dämmerung ihn zwischen den großen Felsbrocken verschluckte. Vorsichtig legte sie die Finger an ihre Lippen, auf denen sie immer noch seinen Kuss spürte.

Der Drang, ihm nachzulaufen, war übermächtig. Leider musste sie sich gedulden. Andrew war nicht dumm, er würde sofort merken, dass sie ihm nachspionierte – und alles würde hier und jetzt enden. Zwar musste sie ins Gefängnis, um das Computervirus einzuspielen, aber das gelang ihr nur von der richtigen Seite aus.

Kapitel 3 – Eine heiße Nacht

Insgeheim hatte Andrew gehofft, Emma im Park zu begegnen, denn bis Montag hätte er es nicht ausgehalten. Dass er sie tatsächlich getroffen hatte, fasste er als Wink des Schicksals auf. Nun lief er so schnell er konnte zum hintersten Teil der Anlage, bis zum Zaun. Dort befand sich eine Tür, die mit einem Zahlencode gesichert war. Andrew tippte die Nummern ein, die Tür sprang auf und er befand sich in der Wüste.

Rasch blickte er sich um, niemand war ihm gefolgt. Aber Menschen waren nicht sein einziges Problem, denn in der Wüste lauerten andere Gefahren. Daher trug er immer eine kleine Betäubungspistole bei sich, die er an seiner rechten Wade befestigt hatte, verborgen unter der weiten Trainingshose. Die hielt ihm Menschen und Tiere vom Leib, allerdings hatte er noch nie von ihr Gebrauch machen müssen. Nun holte er sie hervor und schob sie in die Bauchtasche an seinem Kapuzenshirt, um sie sofort griffbereit zu haben.

Während er einen kleinen Felsen anvisierte, dachte er an Emma. Sie hatte ihn nicht noch einmal küssen wollen, erneut hatte sie gezögert. Weil er klitschnass geschwitzt war? Andrew hob seine Arme und schnüffelte. Noch stank er nicht, aber sehr appetitlich sah er nicht aus, das musste er zugeben. Und es würde nicht besser werden, wenn er nicht unter die Dusche und in frische Anziehsachen kam.

Ob er sich wirklich auf ein Abenteuer mit Emma einlassen sollte? Andere Staatsmänner vor ihm hatten bereits Affären mit ihren Angestellten gehabt, was nicht immer gut ausgegangen war.

Sollte er dieses Risiko tatsächlich in Kauf nehmen? Er, der immer versuchte, alles korrekt zu machen?

Fuck, vielleicht gerade deswegen! Er wollte nicht auf alles verzichten, schon gar nicht auf eine so wunderschöne Frau, die offenbar etwas von ihm wollte. Nur schlau wurde er aus ihr nicht. Emma umgab eine Aura des Geheimnisvollen. Das gefiel ihm, machte ihn neugierig. Was hatte ihren plötzlichen Sinneswandel heute hervorgerufen? Diese Massage, ihre tiefen Blicke, der Kuss …

Nachdem er den Stein erreicht hatte, drückte er den Daumen auf eine versteckte Scannereinheit, und sofort hob sich der Felsbrocken an. Darunter befanden sich ein Schacht und eine Leiter, an der er rasch hinab in die Dunkelheit kletterte.

Da er sich nicht in der Kanalisation befand, sondern in anderen Gängen, die das ehemalige Regime beim Stadtbau angelegt hatte, gab es winzige Notleuchten, die man mit einem weiteren Daumenscan aktivieren konnte. Die engen Tunnel aus Beton lagen geisterhaft wie tote Adern vor ihm, und Andrew rannte so schnell er es in den schmalen Gängen konnte.

Der Warrior Nitro war mit Sonja über einen dieser Wege aus dem Geheimlabor entkommen, in dem er gezüchtet, jahrelang gefoltert und abgerichtet worden war. Die Schuldigen saßen hinter Gittern, und der Arzt, der Nitro das angetan hatte, war tot. Der Warrior war die ultimative Geheimwaffe der Regierung gewesen, eine übermenschliche Bestie. Andrew hoffte, dass nicht noch mehr von seiner Sorte existierten.

So viel Grauen hatte sich in White City abgespielt, und obwohl Andrew als Sohn eines Politikers in viele Dinge eingeweiht gewesen war, hatte selbst sein Vater ihm das meiste davon verschwiegen. Zum Glück, sonst hätte Andrew ihn wohl umgebracht.

Er wollte nicht wissen, was für Rachepläne sein alter Herr gerade im Gefängnis schmiedete. Sollte er jemals auf freien Fuß gelangen, wäre Andrew sicher sein erstes Opfer. Vater hatte damals auch nicht davor zurückgeschreckt, Mutter exekutieren zu lassen.

Obwohl er Seitenstechen bekam, rannte er weiter. Er hatte die zahlreichen Wege immer und immer wieder studiert, damit er sich unter der Stadt blind orientieren konnte. Rechts, links, geradeaus, abermals rechts, vorbei an der Forschungsabteilung und anderen Einrichtungen … Fast wäre er an dem schmalen Aufgang vorbeigelaufen. Diesmal fand er keine Leiter vor, sondern Stufen und eine weitere Stahltür. Jeder Scanner hier unten war auf seinen Daumenabdruck und die seiner Leibwächter abgestimmt. Niemand sonst konnte die Tunnel betreten, außer er würde sich gewaltsam Zugang verschaffen oder wäre ein Programmiergenie wie Dr. Mark Lamont. Dem würde er es zutrauen, die Sicherheitsvorkehrungen umgehen zu können. Andrew selbst hatte früher die Passwörter gekannt, um in die Kanalisation zu gelangen, an die war er als Sohn eines Senators mit Leichtigkeit gekommen.

Nicht an früher denken, ermahnte er sich. Diese Zeiten waren vorbei und sollten es bleiben. Dafür musste er als Präsident sorgen.

Nachdem er die Tür hinter sich zugezogen hatte, stand er in einem elektrischen Versorgungsraum, der zu einem Hotel gehörte, dem einzigen der Stadt. White City hatte früher nicht viele Besucher gehabt, denn nur wenigen Bürgern war es überhaupt erlaubt gewesen, in Partnerstädte zu reisen, um dort Urlaub zu machen. Jetzt stand es jedem frei, die Kuppel zu verlassen. Die atomare Strahlung war nicht mehr schädlich, nur die erbarmungslose Sonne schadete der empfindlichen Haut. Die Kuppel filterte alle gefährlichen Strahlen weitgehend heraus; in White City einen Sonnenbrand zu bekommen war beinahe unmöglich.

Andrew joggte durch den Keller und verließ das Hotel über einen Nebenausgang ohne gesehen zu werden.

Als er aus der schmalen Gasse trat, erkannte er auf der gegenüberliegenden Straßenseite bereits Joes Dinner. In dem kleinen Restaurant gab es leckere Nudelgerichte, und … Überrascht riss er die Augen auf. Unter der fliederfarbenen Markise stand Emma!

Sie war schon da?

Während sich Andrew die Lunge aus dem Leib keuchte, schien sie kein bisschen außer Atem zu sein, obwohl sie gelaufen sein musste. Seine Kleidung klebte am Körper, unter der Kapuze staute sich Hitze und er fühlte sich nicht in der Lage, ihr entgegenzutreten. Am liebsten wäre er sofort unter die Dusche gesprungen. Dennoch zog es ihn unaufhaltsam zu ihr hin.

Als sie ihn bemerkte, lächelte sie ihn an.

»Hi«, sagte er und stützte eine Hand an der Hausmauer auf. Verdammt peinlich, sie musste denken, er besaß überhaupt keine Kondition, doch er gehörte eher zu den Gewichtestemmern, das Ausdauertraining vernachlässigte er regelmäßig. Aber auf dem Laufband zu trainieren machte auch lange nicht so viel Spaß wie an der frischen Luft.

»Hi«, erwiderte sie.

Emma sah in ihrem Laufdress und dem Pferdeschwanz zum Anbeißen aus. Richtig süß. Ja, eigentlich total sexy. Es betonte perfekt ihre weiblichen Kurven.

»Macht es dir was aus, wenn wir schnell zu mir gehen?«, fragte er. »Ich brauch dringend eine Dusche.«

»Zu dir?« Ihre wunderschönen Augen wurden riesengroß und ihre Wangen nahmen einen dunkleren Farbton an. »Falls du mich auch duschen lässt, komme ich mit.«

Schnell senkte sie den Blick, und er griff nach ihrer Hand, bevor sie wieder einen Rückzieher machte.

Er grinste schief. »Meine Dusche ist deine Dusche.«

Unter der Dusche … mit Emma! Andrew hatte plötzlich sehr erotische Bilder im Kopf und konnte es kaum erwarten, nach Hause zu kommen. Er ging mit ihr in die Seitengasse, aus der er eben gekommen war, woraufhin Emma die Stirn runzelte. »Du wohnst im Hotel?«

»Nein.« Er benutzte erneut den Seiteneingang, froh, auf niemanden zu treffen. Das Hotel war wie ausgestorben, denn aktuell empfingen sie keine Urlauber aus Partnerstädten. Senator Muranos Bruder Stephen aus New World City hatte White City offiziell unter Quarantäne gestellt, diese Nachricht hatten sie abgefangen. Niemand wusste offenbar, was sich hier wirklich abgespielt hatte, alle sollten glauben, eine Seuche wäre ausgebrochen und die Stadt abgeriegelt. »Aber ich darf dir leider nicht zeigen, wo meine Wohnung liegt, daher müssen wir einen Geheimweg nehmen.«

»Klingt spannend«, sagte sie, während er sie in den Keller und den Versorgungsraum führte, von wo aus es unter die Erde ging.

Zitternd atmete sie aus und blieb auf der Treppe stehen, die in den Tunnel führte.

»Du brauchst dich nicht zu fürchten, da unten ist nichts, was dir gefährlich werden kann, und sollte eine Ratte oder Katze unseren Weg kreuzen und frech werden, hab ich die hier dabei.« Er zog die kleine Betäubungspistole aus der Tasche seines Sweaters.

Sie zuckte beim Anblick der Waffe und wendete den Kopf ab. »Ich habe keine Angst vor Tieren.« Leiser setzte sie hinzu: »Ich habe Angst vor dir.«

Diese Aussage traf ihn völlig unerwartet und mit solch einer Wucht, als hätte ihm jemand in den Magen getreten. Schnell verstaute er die Pistole im Beinholster. »Vor mir?« Er blieb auf der oberen Stufe stehen und wartete ab, wie sie weiter reagierte.

Unsicher schaute sie zurück in den Versorgungsraum. »Na ja, also …« Sie holte tief Luft und sah ihm in die Augen. »Ich habe Gerüchte gehört, wir alle haben das. Als Rebellenführer sollst du brutal gewesen sein und gewissenlos, hast andere gefoltert, um an Informationen zu kommen.« Sie biss sich auf die Unterlippe, hielt jedoch tapfer Blickkontakt.

Andrew schüttelte lächelnd den Kopf. Deshalb ihr ständiges Zögern! »Als Sohn eines Senators habe ich diese Gerüchte selbst geschürt, um bloß keinen Verdacht auf mich zu lenken. Ich habe alle Schauergeschichten willkommen geheißen.«

Langsam nickte sie. »Das glaube ich dir.«

»Danke.« Er grinste breit. »Natürlich bin ich kein Unschuldslamm, schließlich musste ich mich als Anführer durchsetzen und mir Respekt verschaffen, und ich habe auch Dinge getan, auf die ich nicht stolz bin. Aber ich habe immer versucht, das Richtige zu tun, und niemals einer Frau etwas zuleide getan.«

Emma sah ihn an, als wüsste sie genau, was damals in ihm vorgegangen war. Ihre Empathie gefiel ihm genauso gut wie ihre Klugheit. Schon oft hatte sie hilfreiche Vorschläge gemacht, wenn es darum ging, einen Gesetzentwurf auszuarbeiten oder Fördergelder herbeizuschaffen, wie für das Kinderheim in Resur, das Sonja mit Miraja leitete. Emma hatte so viele Ideen.

»Bitte hab keine Angst vor mir«, sagte er leise. »Ich würde niemals zulassen, dass dir etwas passiert.«

Emma stockte der Atem. Andrew wirkte derart zerknirscht, dass es hinter ihrem Brustbein schmerzhaft zog.

Schalte deine verdammten Gefühle aus, ermahnte sie sich. Leider glaubte sie ihm tatsächlich, was ihren Auftrag sehr erschwerte. Konnte er nicht einfach ein Arsch sein? Ein brutaler, hässlicher, ekelhafter Psychopath? Das würde es wenigstens leichter machen, mit ihm zu schlafen. Ach, es würde einfach alles leichter machen!

Nein, er musste ja gut aussehen und auch noch nett zu ihr sein.

»Du musst nicht mit mir kommen.« Andrew hielt den Knauf in der Hand, zog die Tür jedoch nicht zu. »Ich kann dich nach Hause bringen und …«

Lässig zuckte sie mit den Achseln und schritt die Stufen nach unten. »Jetzt ist ja alles geklärt.« Als sie ihn über die Schulter hinweg angrinste, schaute er verblüfft zu ihr hinab, aber dann lächelte er auch.

»Schön, dass wir darüber gesprochen haben, Ms. Jones.«

Sie salutierte. »Immer gerne, Mr. President.«

Lachend schloss er zu ihr auf. »Bitte versprich mir eins, Emma. Sollte dich jemals wieder irgendetwas bedrücken, rede mit mir darüber.«

»Hm«, brummte sie und wandte schnell den Blick ab. Wenn er wüsste, wie es in ihr aussah …

Schon bald hatte sie die Orientierung verloren. Liefen sie auf das Stadtzentrum zu oder in eine ganz andere Richtung? Sie wusste es nicht, denn sie kamen an immer neuen Abzweigungen vorbei.

Andrew warf ihr einen kurzen Blick zu. »Kann ich meinen feuchten Sweater ausziehen, ohne dir Angst zu machen?« Seine Mundwinkel zuckten. »Es ist ziemlich frisch hier unten und langsam wird mir kalt.«

»Klar«, krächzte sie. Ihr war alles andere als kalt.

Er lief vor ihr, als er sich den Stoff über den Kopf zog. Emma hatte Zeit, seine breiten Schultern und den Rücken zu studieren, der sich zu den Hüften hin verjüngte. Andrew war nicht übertrieben muskulös, das gab seine Statur bestimmt auch nicht her, dennoch steckte erkennbar Kraft in diesem Mann. Und sein fester Hintern sah so verlockend aus, dass sie ihn am liebsten anfassen wollte.

Sicher bekam sie bald reichlich Gelegenheit dazu. Eine knisternde Spannung hing in der Luft, und die Signale, die er ihr sandte, sagten: *Heute Nacht will ich jeden Winkel deines Körpers erkunden.* Ständig drehte er sich um oder ging ein paar Schritte rückwärts, angeblich um zu überprüfen, ob sich ihr keine Ratte näherte. Dabei musterte er eher sie als die Umgebung.

»Haben wir uns verirrt?«, fragte sie, nur um irgendetwas zu sagen. Es war ihr peinlich, dass er ihre harten Nippel erkennen konnte, die sich gegen ihr Laufshirt pressten.

»Nein, wir sind da.« Er deutete auf eine Eisentür am Ende des Ganges. Mittlerweile waren sie bestimmt an fünf gleichen Türen vorbeimarschiert.

Sie atmete auf. Es war etwas beklemmend in den engen Tunnels. »Wie konntest du hier unten leben?«

»Ach, diese Wege sind ja harmlos, in der Kanalisation war es viel schlimmer, denn da ist es stockdunkel, feucht, es stinkt und es gibt nicht nur riesige Ratten, sondern auch Katzen und anderes Getier.«

Früher hatte man diese Tiere gejagt, da sie angeblich Krankheiten in die Stadt brachten, doch Andrew hatte das Tötungsgesetz aufgehoben. Es sollte sogar Bürger geben, die sich Katzen als Haustiere hielten. Tatsächlich hatte Emma überlegt, sich auch eines zuzulegen, nur wenn Stephen das herausbekam! Die Gehirnwäsche ihrer Pflegefamilie saß tief, aber wohl nicht so tief, wie Stephen es gerne hätte, sonst würde sie niemals derartige Gedanken haben, oder? Vielleicht müsste sie Stephen ihren Wunsch lediglich richtig verkaufen, eine Katze wäre eine gute Tarnung, schließlich sollte sie ihre Rolle perfekt spielen.

Nein, lieber nicht. Sie wollte nichts riskieren, womöglich würde sie sonst Yana noch länger nicht sehen.

»Ich habe mich nicht ständig unter der Stadt versteckt wie viele andere«, sagte Andrew, »immerhin durfte mein Vater nichts bemerken, aber meine Ideale haben mich angetrieben. Ich wollte eine bessere Welt erschaffen, eine Zukunft, die allen gerecht wird. Daran habe ich festgehalten.«

Irgendwie bewunderte sie ihn für seinen Mut und seinen Optimismus. »Du hast dein Ziel erreicht.«

»Nicht ganz.«

Emma wusste, dass Andrew vorhatte, möglichst bald die Bürger der Partnerstädte New World und Royal City zu informieren. Die gesamte Welt sollte erfahren, was hier wirklich geschehen war. Ein Video war bereits gedreht, es musste nur noch ein Geheimtrupp mit den Shuttles zu den anderen Städten fliegen und es irgendwie schaffen, den Film ins öffentliche Netz einzuspielen. Sobald die Leute aufgeklärt waren und wussten, dass sie nicht länger unter Kuppeln leben und sich einer Regierung beugen mussten, die sie von Anfang an belogen hat, würde das Schicksal seinen Lauf nehmen, so wie es das auch in White City getan hatte. Die Menschen sollten ein selbstbestimmtes und freies Leben führen dürfen, stattdessen war ihnen allen von Geburt an vorherbestimmt, was sie später für Berufe wählen mussten oder ob sie der Ober-, Mittel- oder Unterschicht angehören würden. Und jeder, der sich nicht unterordnete, wurde weggesperrt oder Opfer eines dieser perversen und brutalen Spiele. Ob es sie in allen Kuppelstädten gab?

Emma erschauderte. Zum Glück gab es die Shows in White City nicht mehr, in denen Sklaven vor laufenden Kameras von den Kriegern zum Sex gezwungen wurden oder Schlimmeres erleben mussten. Trotz dieser Grausamkeiten und Perversionen – oder vielleicht gerade deswegen – hatte das Volk die Shows geliebt, solange man nicht selbst zum Opfer wurde.

Heute gab es nur noch die abgespeckte Version davon: Big Brother Extreme. Alle Beteiligten handelten freiwillig.

Andrew öffnete die massive Stahltür, und sie betraten einen winzigen Vorraum, in dem sich bloß eine Aufzugtür befand. Der Lift fasste gerade sie beide, sie mussten eng beieinanderstehen. Emma kam sich vor wie in einer Blechdose, dann ging es auch schon aufwärts.

Sie war zu gespannt, wo sie herauskommen würden. An die kühle Metallwand gelehnt musterte sie Andrew, der ihr das Gesicht zuwandte. Er krallte die Hände in sein zerknülltes Shirt und knetete es. Machte es ihn nervös, weil sie mit zu ihm kam?

Ihr Herz schlug schneller, nicht nur vor Aufregung. Am liebsten hätte sie die Finger ebenfalls irgendwo hineingekrallt, stattdessen verschränkte sie die Arme vor der Brust.

Andrew lächelte, und etwas Spitzbübisches blitzte in seinen Augen auf. Vielleicht lag es auch an diesen verdammten Grübchen, die ihn so sexy machten.

Sie freute sich, ihm zu gefallen, schließlich konnte er jede haben. Ein paar Mal hatte er bereits Liebesbriefe ins Büro geschickt bekommen, anonym und auf Papier geschrieben, damit die Absenderin nicht identifiziert werden konnte, aber mit Uhrzeit und Treffpunkt versehen. Natürlich ging Andrew nicht darauf ein, denn es könnte sich genauso gut um einen Anschlagsversuch auf ihn handeln. Doch die Texte hatten ihr teilweise heiße Ohren beschert. Was die Frauen dort beschrieben hatten, was sie mit Andrew machen würden und welche Wünsche sie hatten … Verdammt, manchmal kam sie sich wie ein Mauerblümchen vor.

Als sich die Lifttür öffnete, ließ Andrew sie vorangehen. Emma betrat ein großzügiges Loft; der gesamte Wohnbereich war in einem Raum untergebracht: die Küche – zeitlos aus glänzendem Edelstahl –, eine Fernsehecke mit gigantischem Screener, diverse Fitnessgeräte und ein riesiges Bett an der Fensterfront. Leider erlaubte das Milchglas keinen Blick nach draußen.

An den weißen Wänden hingen Schwarz-Weiß-Fotografien von Resur – die dunkle Glaspyramide war unverkennbar –, der Kuppel – von der Wüste aus gesehen mutete sie futuristisch an – und anderen bedeutsamen »Sehenswürdigkeiten« wie der Monorail.

»Schöne Bilder«, sagte sie und meinte es ernst.

Er kratzte sich an einer Braue. »Danke dir. Fotografieren ist meine Leidenschaft, nur finde ich gar keine Zeit mehr dafür.«

»Sie passen wirklich gut in deine Wohnung.«

»Das ist nicht meine. Sie gehörte einem der Wissenschaftler, die illegale

Experimente durchgeführt haben und jetzt im Gefängnis sitzen.« Andrew schlenderte zur Küchenzeile. »Sie ist ideal für mich, so kann ich mich überallhin bewegen ohne ständig von meinen Bodyguards umzingelt zu sein.« Er deutete auf die große Wand über der Couchecke aus schwarzem Leder. »Im angrenzenden Apartment wohnen Fire und Steel, damit sie immer in der Nähe sind, falls etwas sein sollte. Überall gibt es Alarmknöpfe, sobald ich sie drücke, stürmt mindestens einer von ihnen herein.«

Emma war baff. Er gab ihr all diese wertvollen Informationen. Weil er ihr vertraute. Oder hatte er den Hinweis auf die Leibwächter als Warnung gemeint?

Sie wusste nicht, wie sie sich verhalten sollte. Sie fühlte sich schäbig hier zu sein, um ihn auszuspionieren.

Sie war in seiner Wohnung! Niemand wusste, wo sie sich befand, selbst Stephens Spitzel hatten das bisher nicht in Erfahrung bringen können. Kein Wunder, wenn Andrew überwiegend die Tunnel benutzte.

Er holte eine Wasserflasche aus dem Kühlschrank und nahm große Schlucke. Fasziniert starrte sie auf seinen Kehlkopf, den Hals, die nackte Brust und den Bizeps, der sich leicht wölbte.

Plötzlich setzte er die Flasche ab und riss die Augen auf. »Entschuldige, ich bin ein schrecklicher Gastgeber. Ich hatte so lange keinen Besuch mehr, dass ich mich wie ein Höhlenmensch benehme.« Erneut ging er zum Kühlschrank. »Was willst du trinken? Ich habe Pearl da, Wasser oder Orangensaft. Ich kann dir aber auch einen Tee machen.«

»Wasser wäre prima.« Lächelnd nahm sie eine neue Flasche entgegen und trank genau wie er direkt daraus. Jetzt hatte sie wenigstens etwas zu tun und wusste wohin mit ihren Händen. Verdammt, sie war so nervös!

»Fühl dich wie zu Hause und nimm dir einfach, was du brauchst. Ich geh dann mal duschen.« Er nickte zu einer Tür aus dunkelgrünem Glas, hinter der sich wohl das Badezimmer anschloss.

Beinahe verschluckte sie sich. »Okay.«

Während sie ihm hinterherstarrte, machten sich neue Zweifel breit. Tat sie das Richtige?

Tat sie nicht.

Sie stand kurz davor, aus der Wohnung zu rennen. Neben dem Lift befand sich die Tür. Doch weglaufen war keine Lösung, und wo sollte sie auch hin?

Ihr blieb nur Resur, und das war nicht weit genug weg von Andrew … und Stephens Handlangern, die sie sicher finden und bestrafen würden, sollte sie ihren Auftrag nicht ausführen. Außerdem würde sie Yana nie wieder sehen.

Entschlossen schritt sie durch die Wohnung und zog sich dabei aus. Sie hatte Andrew quasi durch die Blume gesagt, dass sie mit ihm duschen würde, also musste sie das jetzt durchziehen.

Emma versuchte festzustellen, in welchem Stadtteil sein Apartment lag, aber es gab keine Möglichkeit, das Fensterglas durchlässig zu machen. Normalerweise funktionierte das in den meisten Wohnungen.

Als plötzlich etwas Hartes an ihre nackten Füße stieß, unterdrückte sie nur mit Mühe einen Schrei. Doch es war lediglich ein Saugroboter, der unter dem Bett hervorgefahren war und seinen Dienst tat. Leise summend glitt die tellergroße Scheibe über den Boden.

Verdammt, sie war völlig ungeeignet für diesen Job!

»Sicht frei«, sagte sie zur Fensterscheibe – nichts passierte. Wahrscheinlich reagierte der Homecomputer nur auf Andrews Stimme.

Als sie plötzlich tatsächlich seine Stimme hörte, sprang sie fast in die Luft. »Ich weiß, dass du neugierig bist, aber ich darf dir wirklich nicht sagen, wo du bist. Sicherheitsprotokoll. Steel nimmt das sehr streng.«

Er streckte nur den Kopf zur Tür heraus, daher nahm sie an, dass er bereits nackt war. »O-okay«, stammelte sie und kam sich selbst völlig entblößt vor. Einmal, weil er sie erwischt hatte, zum anderen, weil sie bloß noch ihre Unterwäsche trug.

Andrew betrachtete sie unverhohlen und grinste. »Wie sieht's aus, traust du dich mit mir unter die Dusche?«

»Ich trau mich noch ganz andere Sachen mit dir.« Oh Gott, hatte sie das tatsächlich gesagt?

»Ich bin gespannt.« Andrew zwinkerte und zog sich ins Bad zurück. Die Tür ließ er angelehnt, daher hörte sie, wie er rief: »Wer zuerst drin ist, hat gewonnen!«

»Das ist unfair!« Lachend stürmte sie hinter ihm her, bekam jedoch nur seine knackige Rückseite zu sehen – diese Pobacken! –, bevor er in die Glaskabine stieg. Als er sich umdrehte, strömte bereits Wasserdampf in die Kabine, sodass Emma für den Bruchteil einer Sekunde bloß noch sein freches Grinsen erkannte.

Unentschlossen und mit rasendem Herzen stand sie in dem großzügigen, hell eingerichteten Badezimmer. Neben zwei Waschbecken und der wassersparenden Dampfdusche gab es sogar einen Whirlpool vor einem Panoramafenster, das aktuell das bewegliche Bild eines Regenwaldes zeigte. Urwaldgeräusche drangen an ihre Ohren und es duftete nach Blumen.

Dieser Luxus! Die Angehörigen der Oberschicht hatten gelebt wie Maden im Speck.

Einzig ein Gerät passte nicht zur restlichen Optik: In einer Ecke stand ein Cleaner.

Wusch Andrew seine Wäsche selbst?

Neugierig öffnete sie den Deckel der Maschine. Tatsächlich, darin lagen seine verschwitzten Sachen!

Sie erinnerte sich, dass er zu Zeiten des Regimes eine Wäscherei besessen hatte, die er auch als heimliche Kommandozentrale für den Untergrund genutzt hatte.

Sie warf ihr Laufdress dazu und schaltete den Cleaner ein. Geräuschlos tat er seinen Dienst. Nun hatte Emma fünfzehn Minuten Zeit, bis die Wäsche gereinigt und getrocknet war. Danach konnte sie sich anziehen und gehen.

Fünfzehn Minuten …

»Bist du noch da?«, fragte Andrew und wischte auf Kopfhöhe den Dampf von der Scheibe. Als er sie splitternackt erblickte, bekam er große Augen.

Ihr wurde heiß bis in die Nasenspitze und am liebsten hätte sie sich in eins der riesigen Handtücher gewickelt, die auf einer Wärmestange hingen, stattdessen betrat sie mutig die Kabine.

Sofort hüllte Dampf sie von allen Seiten ein. Der Nebel war jedoch nicht so dicht, dass sie nichts mehr erkannte. Tatsächlich erkannte sie Andrew hervorragend.

Sie hatte bisher nicht oft einen lebensechten, splitternackten Mann zu Gesicht bekommen – das eine Mal mit dem Kerl aus der Bar hatte im Dunkeln stattgefunden –, daher war ihr der Anblick eines erigierten Penis nicht gerade vertraut. Er sah interessant, aber auch ein wenig Furcht einflößend aus, trotzdem zogen sich ihre Nippel zusammen.

»Das machst du mit mir, Emma.« Andrew streckte die Hand aus und holte sie langsam zu sich.

Vorsichtig schmiegte sie sich an ihn, legte den Kopf an seine Schulter und schlang die Arme um seine Taille. Dabei drückte sich seine Erektion an ihren Bauch.

Emma schloss leise seufzend die Augen. Das war ein herrliches Gefühl. Der warme Nebel, die heiße Haut, Andrews streichelnde Hände auf ihrem Rücken. Sie kam sich geborgen und beschützt vor, zugleich kribbelte ihre Haut und ihr Puls klopfte bis zwischen ihre Schenkel.

Er löste das Band aus ihrem Haar, sodass es offen über ihre Schultern fiel. Dann gab er etwas Duschlotion aus einem Spender an der Wand in die Handfläche und begann, sie damit einzureiben.

Emma lehnte sich zurück ans kühle Glas und betrachtete mit erhitztem Gesicht, wie er genüsslich ihre Brüste einseifte. Sie schmiegten sich perfekt in seine Hände. Ein sehnsüchtiges Ziehen schoss bis in ihren Kitzler.

Nein, ablenken! »Hast du nie Angst, dass dir jemand in dein Zuhause folgt?«

»Das ist bei den Sicherheitsvorkehrungen fast unmöglich.« Schmunzelnd verteilte er Schaumkronen auf ihren Brustwarzen. »Außerdem bin ich nicht so hilflos, wie ich vielleicht aussehe. Ich bin bestens vorbereitet.« Er griff über ihren Kopf und holte eine Pistole aus einem Regal.

Emma keuchte. Sie hatte die Waffe nicht bemerkt.

»Die hab ich in der ganzen Wohnung verteilt«, sagte er, während er die Pistole an ihren Platz zurücklegte.

Sie hätte wieder Angst vor ihm bekommen müssen, tatsächlich fand sie es sexy, dass er sich zu verteidigen wusste. Emma legte die Hände auf seine wohlgeformte Brust und fuhr langsam darüber. »Ich bin jetzt auch hier und könnte dir etwas antun.«

Er zitterte, während sie bis zu seinem Bauch hinabstrich. »Tatsächlich machst du mich schwach.«

»Du weißt, was ich meine.«

Sein piratenhaftes Lächeln sagte: Wie willst du halbes Persönchen mir schaden? »Ich vertraue dir, Emma …« Dann senkte er den Kopf und nahm ihre Lippen in Besitz.

Während er sie gierig küsste und seine Erektion an ihr rieb, schoss ein Stich in ihr Herz. Es fühlte sich herrlich an, was er mit ihr anstellte, doch ihr Gewissen lastete schwer. Schließlich war sie nur mit ihm gekommen, um ihren Auftrag zu erfüllen.

Nein, den würde sie heute vergessen und alles annehmen, was dieser Mann ihr schenkte. Zu lange war sie allein, hatte sich nach Nähe gesehnt. Sie würde nicht daran denken, wer sie war, mit wem sie hier war, sondern sich Andrews stürmischen Berührungen hingeben. Er wollte sie, er begehrte sie, und sie selbst sehnte sich nach diesen orkanartigen Gefühlen, die er in ihr auslöste.

Verlangend knetete er ihre Brüste, während er die Zunge in sie schob. Seine weichen Lippen knabberten an ihr, sanft biss er sie in die Unterlippe.

Sie riss die Augen auf, als der zarte Schmerz durch ihren Körper raste. Andrew starrte sie an, beobachtete genau ihre Reaktionen. Mit dem Daumen strich er über einen ihrer Nippel, bevor er ihn zwischen zwei Finger nahm und zudrückte.

Glühende Lava schoss zwischen ihre Schenkel, und sie versuchte, ihre Mitte an seinem Bein zu reiben, doch er lachte nur rau und hielt sie auf Abstand.

»So voller Hingabe.« Er ging leicht in die Knie, aktivierte einen Knopf an der Wand, sodass Wasser wie ein Regenschauer auf sie herabprasselte, und saugte abwechselnd ihre Brustwarzen ein.

Während das Wasser den Schaum abspülte, fuhr er mit den Händen über jeden Winkel ihres Körpers, und endlich berührte er sie zwischen den Beinen. Als sein Finger zwischen ihren Schamlippen verschwand, drückte sie ihm den Unterleib entgegen. Der direkte Kontakt und seine leicht raue Haut auf ihrer empfindlichen Stelle machten sie an. Ihr Lustnerv prickelte, als würden Stromimpulse hindurchjagen.

Plötzlich ging Andrew noch tiefer in die Knie, zog ihre Schamlippen auseinander und versenkte seine Zunge dazwischen.

Emma stieß einen leisen Schrei aus. Ihr Kitzler lag nun völlig offen und war seinen Zungenschlägen hilflos ausgesetzt. Ein Finger glitt in sie, dann noch einer. Sie fühlte einen kurzen Schmerz, danach nur noch Erlösung, als sich ihr Inneres um den Eindringling zusammenzog. Pure Ekstase umspülte sie, vernebelte ihren Verstand und setzte ihren Körper in Flammen.

Erst als sie bemerkte, dass Andrew sie nicht mehr berührte, schlug sie die Augen auf. Er hockte vor ihr, sein Penis immer noch steinhart, und betrachtete ihr gerötetes Geschlecht. »Du warst noch unberührt?«

Scham brannte in ihrem Gesicht. »Das sollte man in meinem Alter wohl nicht mehr sein, oder?« Ihre Worte sollten weder hart noch spöttisch klingen, aber sie waren entschlüpft, bevor sie nachgedacht hatte. Sie hatte in einem Magazin gelesen, dass fast neunzig Prozent der Frauen aus White City ihr Erstes Mal schon erlebt hatten, bevor sie die Zwanzig überschritten. Himmel, und sie war bereits ein paar Jährchen älter.

Sofort stand Andrew auf und zog sie an sich. »Das war kein Vorwurf.«

Er sah so ehrlich zerknirscht aus, dass sie ihre Worte sofort bereute. »Tut mir leid, ich … habe noch nicht viel Erfahrung mit Männern.«

Seine Mundwinkel zuckten. »Das macht nichts, im Gegenteil. Dann kann ich dir zeigen, wie schön es ist, mit einem Mann zusammen zu sein.«

»Hast du schon viel Erfahrung mit Männern?«, fragte sie scherzhaft und lachte unsicher.

Er blickte sie kurz verwirrt an, bevor er grinste. »Du solltest aufhören, alles zu genau zu nehmen. Genieße das Leben und das, was es dir bietet.«

Wenn er wüsste, dass sie genau das vorhatte! Obwohl sie es eigentlich nicht durfte …

Er fasste sie an der Hand und zog sie mit sich aus der Kabine. Anschließend nahm er das große Handtuch von der Wärmestange, um sie damit sanft abzureiben. »Du steckst voller Leidenschaft«, raunte er. »Ich möchte sie herauskitzeln, testen, wie weit ich bei dir gehen kann.«

Sie schluckte. »Wie meinst du das?« Er war doch keiner von den Kerlen, die perverse Sexspielchen bevorzugten?

»Du brauchst dich nicht zu fürchten. Ich mache nichts, was du nicht auch willst.« Fahrig trocknete er sich ab, bevor er sie in den Wohnraum führte und aufs Bett bat. »Entspanne dich, genieße einfach.«

Das war leichter gesagt, als getan. Ihr Herz raste unkontrolliert, trotzdem pochte es bereits wieder verräterisch zwischen ihren Schenkeln.

Andrew zog ihre Beine auseinander, um sich dazwischenzuknien, dann beugte er sich über sie und küsste ihre aufgerichteten Brustwarzen.

Emma versuchte sich zu entspannen und grub die Finger in sein weiches Haar. Dabei schaute er ständig zu ihr auf.

Sein Blick wirkte entrückt, aber konzentriert. Diesen nackten, schönen Mann über sich zu sehen, gefiel ihr. »Wirst du mit mir schlafen, Andrew?«

Seine grünen Augen funkelten. »Wenn du das willst?«

»Ich will dich in mir spüren.«

Stöhnend schloss er die Lider und murmelte an ihrer Brust: »Allein dein Wunsch macht mich so hart, dass ich gleich komme.«

Sie machte ihn hart, sie hatte ihn in der Hand. Das gefiel ihr, verlieh ihr Macht. Sofort fühlte sie sich mutiger. »Ich möchte dich auch überall berühren.«

Grinsend rollte er sich auf den Rücken und streckte alle viere von sich. »Bediene dich.«

Im ersten Moment vermochte sie ihn nur atemlos anzustarren. Er war ein Traum von einem Mann. Humorvoll, intelligent und unglaublich sexy.

Sie hockte sich neben ihn und strich über seine Wange. Die blonden Bartstoppeln kitzelten ihre Fingerspitzen. Als ihr Finger über seine weiche Unterlippe glitt, schnappte er nach ihm und leckte über die Kuppe. Die zarte Berührung peitschte bis in ihren Unterleib.

Emma wurde wagemutiger, streichelte seine Brust, die kräftigen Arme, den flachen Bauch …

»Fass ihn an«, raunte er, wobei seine Erektion zuckte.

Er hatte keine Probleme, auszusprechen, was er wollte. Allein seine freche Forderung erhitzte ihr Gesicht, aber am meisten ihren Schoß.

Vorsichtig umschloss sie den geäderten Schaft, spürte die zarte Haut und den harten Kern darunter. Seine Eichel war etwas dicker und ähnelte einer purpurnen Pflaume.

Andrew drückte ihr die Hüften entgegen. »Bewegen Sie endlich Ihre Hand, Ms. Jones. Für gewöhnlich sind Ihre Finger doch etwas flinker.«

»Nicht alles auf einmal, du gieriger Kerl!« Sie lachte und war froh, dass er ihr Liebesspiel mit Humor nahm, das machte es leichter. Sie war nicht prüde, nie gewesen, aber live mittendrin zu sein, anstatt Bilder oder Filme anzusehen, war etwas völlig anderes.

Sie ließ ihn los, um an seinen Beinen entlangzustreichen. Dabei spürte sie die Kraft, die in seinen Oberschenkeln steckte.

Er seufzte. »Du quälst mich.«

»Folter ist mein zweiter Vornahme, Mr. President. Ich wette, das wussten Sie noch nicht.« Übermütig beugte sie sich über seinen Schoß, inhalierte den zarten moschusartigen Duft seines Geschlechts und tippte schließlich die Zungenspitze an seine Eichel.

Andrew stöhnte auf. »Genug gespielt.« Er umschloss ihren Kopf mit beiden Händen, um ihr Gesicht an seine Erektion zu drücken. »Ich mag keine halben Sachen, Ms. Jones«, sagte er heiser. »Überzeugen Sie mich von Ihren Qualitäten.«

Oh, das würde sie, denn das Spiel machte ihr immer mehr Spaß. Es war wie eine Rolle, hinter der sie sich verstecken und eine andere sein konnte.

Neugierig umschloss sie mit den Lippen seine pralle Eichel und saugte vorsichtig daran, kostete die salzigen Tropfen.

Ob das so richtig war?

Vermutlich, denn er schwoll in ihrem Mund weiter an.

Sie wurde wagemutiger und nahm ihn tiefer auf, bis er an ihren Gaumen stieß. Erneut saugte sie behutsam und spielte mit der Zunge an Schlitz und Bändchen.

»Emma …« Kraftlos krallte er die Finger in ihr Haar und dirigierte ihren Kopf.

Das animierte sie, ihn tiefer aufzunehmen.

»Wenn du so weitermachst, kann ich mich nicht mehr beherrschen.«

»Das musst du auch nicht.«

»Doch. Ich möchte deinen Wunsch erfüllen.«

»Welchen Wunsch?« Was hatte sie zu ihm gesagt?

Erst als er sie zurück in die Matratze drückte und sich auf sie legte, wusste sie, wovon er sprach: Er wollte mit ihr schlafen.

Emma zitterte, jeder Muskel schien unter Spannung zu stehen. Jetzt wurde es ernst.

»Bereit?«, fragte er. Sein Körper über ihr zitterte ebenfalls, feine Schweißtropfen glänzten auf seiner Stirn.

»Bereit«, wisperte sie, als sie spürte, wie seine Eichel ihre Schamlippen auseinander drängte.

»Lass locker, Emma, du bist zu verkrampft.« Er kam tiefer in sie, teilte ihre Labien, dehnte ihr Inneres.

Andrew fühlte sich groß und mächtig an. Ein klein wenig hatte sie Angst, es würde wehtun, aber der Druck verwandelte sich in ein sanftes Pochen und schließlich in ein heftiges Klopfen.

Sie stöhnte an seiner Schulter und grub die Finger in seinen Rücken. »Andrew«, wisperte sie, überwältigt, wie fantastisch es war, eng mit ihm verbunden zu sein.

»Tu ich dir weh?«

»Nein.« Auffordernd drückte sie ihm das Becken entgegen. Sie wollte mehr, wollte ihn tiefer spüren.

Und immer weiter drang er vor, füllte sie ganz aus. Dann verharrte er. »Gib mir nur einen Moment.«

Er zuckte in ihr, und sein abgehackter Atem traf ihre Wange. Tief schaute er ihr in die Augen. »Du fühlst dich verdammt gut an.«

Ihr Herz machte einen Sprung. Sie wollte ihm gefallen, sich gut für ihn anfühlen.

Sie ließ ihre Hände tiefer wandern und drückte seine Pobacken. »Du auch.«

Grinsend küsste er sie auf die Nasenspitze. »So möchte ich die ganze Nacht verbringen. In dir, auf dir, umgeben von deiner seidigen Hitze.«

Ihr Schoß verkrampfte sich leicht, wollte mehr. Sie wollte mehr. Er sicherlich auch, doch sie glaubte, dass er sich zurückhielt.

»Nimm mich, wie du mich haben willst, Andrew.« Sie biss sich auf die Unterlippe. Hatte sie das eben laut gesagt?

Er lächelte verrucht. »Nicht heute Nacht. Ich will dich nicht erschrecken.«

»Ich habe keine Angst mehr vor dir, schon vergessen?«

Sein ehrliches Lächeln griff nach ihrem Herz. »Du sagst einfach, wenn es dir nicht mehr gefällt, okay?«

»Versprochen«, antwortete sie, als er endlich begann, seine Hüften zu bewegen. Drei Mal stieß er tief in sie, dann zog er sich zurück.

Sie wollte bereits protestieren, denn diese plötzliche Leere gefiel ihr nicht, als er eine heiße Spur mit Küssen an ihrem Bauch herabzog, ihre Beine auseinander drückte und seine Lippen auf ihr nasses Geschlecht presste.

Emma wölbte sich ihm entgegen. Hatte sie zuvor gedacht, sie sei nicht prüde? Im Moment fühlte sie sich verrucht, da ein Mann etwas so Unanständiges bei ihr machte, zugleich schoss ihre Lust in ungeahnte Höhen. Ihr Kitzler pochte hart, ihr Inneres kontrahierte.

»Ich will dich kosten, Emma.« Abwechselnd stieß er die Zunge in sie und leckte durch ihr Geschlecht, saugte die Klitoris ein oder knabberte an ihren Schamlippen. Als er ihren Venushügel nach oben zog, um ihren empfindlichsten Punkt noch mehr freizulegen, wäre sie beinahe gekommen.

»Heb deinen Höhepunkt für mich auf«, verlangte er. »Ich will ihn gemeinsam mit dir erreichen.«

Oh, das war gemein, wie sollte das funktionieren? Sie wollte nicht länger auf Erlösung warten, und allein sein geraunter Befehl verschaffte ihr noch mehr Lust. Ihr Schoß glühte bereits, während seine flinke Zunge die frivolsten Übungen vollführte.

Erneut kroch er auf sie, und diesmal drang er weniger vorsichtig in sie ein, dehnte ihr geschwollenes Gewebe und traf einen Punkt tief in ihr, der es ihr unmöglich machte, sich zu beherrschen.

»Ich komme, Andrew«, sagte sie erstickt und ohne Scham. Sie konnte es nicht mehr aufhalten.

»Ja, komm für mich. Nur für mich.« Seine Stöße gewannen an Energie, und während sich ihre Seele von ihrem Körper zu lösen schien und sie ein weiteres Mal in sinnlicher Glut schwebte, verströmte er sich in ihr, bewegte sich gemächlicher und rollte sich schließlich neben sie.

Atemlos blickten sie sich an, und Emma hätte am liebsten geweint vor Freude. Plötzlich begriff sie, dass man sich so zu einem anderen Menschen hingezogen fühlen konnte, dass man ihn heiraten und für immer mit ihm zusammen sein wollte. Als Hochzeitsplanerin hatte sie viel mit Verliebten zu tun gehabt, sie aber nie wirklich verstanden.

Andrew war solch ein zärtlicher, einfühlsamer Mann und doch auf seine Art dominant, dass sie einfach völlig überwältigt von ihm war. Wie sollte sie ihn jemals hintergehen können?

Kapitel 4 – Grausame Erpressung

Als Emma aufwachte, blickte sie direkt in Andrews entspanntes Gesicht. Er schien noch im Land der Träume festzustecken, denn seine Augen bewegten sich hinter den Lidern. Plötzlich erinnerte sie sich an alles: Das Treffen im Park, die gemeinsame Dusche, den Sex – und dass sie nachts, als er tief und fest geschlafen hatte, durch die Wohnung gegeistert war. Gefunden hatte sie einen Tablet-PC, der sich jedoch nur mit Daumenabdruck aktivieren ließ. Sie hätte das Gerät cracken können, einer von Stephens Leuten hatte ihr beigebracht, wie das ging, aber sie hatte sich dagegen entschieden. Es fühlte sich einfach verkehrt an.

Emma musste Stephen davon überzeugen, dass sie die Falsche für den Job war. Sie brachte es nicht übers Herz, Andrew zu hintergehen. Das würde sie am besten gleich machen, sie musste ohnehin um zehn im Park sein.

Sie setzte sich auf und suchte eine Uhr. Auf dem schlichten weißen

Nachttisch stand ein Wecker. Oh nein, nur noch fünfzig Minuten!

Sofort sprang sie aus dem Bett. Liebe Güte, wann hatte sie das letzte Mal so lange in den Federn gelegen?

»Bitte keine Hektik, Ms. Jones.« Gähnend drehte sich Andrew auf den Rücken und streckte sich. Da die Zudecke bis zu seinem Bauch gerutscht war, kam sie in den Genuss, seinen herrlichen Körper ausgiebig betrachten zu können. Zu gerne würde sie seinen flachen Bauch und die leicht ausgeprägten Brustmuskeln berühren.

Langsam öffnete er ein Auge. »Wir haben Sonntag. Ausschlafen. Kuscheln. Das Büro kann mich heute mal.«

Ab und zu arbeitete er auch sonntags. Er war eben ein Workaholic. Dass er ihretwegen zu Hause bleiben wollte, freute sie.

»Womit kann ich dich überreden, zu mir unter die warmen Laken zu kommen?« Schmunzelnd lockte er sie mit dem Zeigefinger. »Willst du eine Massage?«

Himmel hilf mir, er ist der Mann, nach dem ich immer gesucht habe! Als sie wie erstarrt am Bett stehen blieb und seine glühenden Blicke auf ihrer Haut prickelten, wurde ihr bewusst, dass sie splitternackt war. »Ich wollte duschen.«

»Und danach?« Er wackelte mit den Brauen.

Oh, wie gerne würde sie einfach wieder zu ihm ins Bett steigen! Sich an ihn schmiegen, sich glücklich fühlen. Die Nacht mit ihm war die schönste ihres Lebens gewesen. »Ähm … Nach Hause. Ich habe ja nichts zum Anziehen hier, nur meine Sportsachen.«

Er grinste frech. »Solange du hier bist, brauchst du keine Kleidung. Ich will dich nackt, den ganzen Tag. Nackt im Bett, nackt auf dem Küchentisch, nackt auf dem Boden, nackt auf mir und unter mir.«

Ein glühender Impuls raste in ihren Unterleib. Verdammt, sie würde so gerne bleiben! »Ich … brauche ein wenig Zeit für mich. Das ist alles neu für mich, ich hatte noch nie eine Beziehung.«

»Okay.« Seufzend setzte er sich auf und rieb sich über das Gesicht. »Wir brauchen ja nichts überstürzen. Wie wäre es mit einem gemeinsamen Abendessen?«

»Hier?« Emma hob das Handtuch vom Boden auf und wickelte es sich um den Körper.

»Ich kenne ein nettes Lokal in Resur. Wir könnten mit dem Shuttle hinfliegen.«

»Du bist auch dort bekannt wie eine zweiköpfige Klapperschlange, wir hätten sicher keine Ruhe.«

»Ich könnte mir einen falschen Bart ankleben.« Er lachte. »Nein, im Ernst, die haben dort eine Dachterrasse, die könnte ich für uns reservieren lassen. Ich kenne den Besitzer, der fragt mich ohnehin ständig, wann ich mal vorbeikomme.«

»Vielleicht nächste Woche, okay? Ich brauch für ein Date mit dem Präsidenten ein bisschen Vorbereitungszeit, neue Klamotten, einen Friseurbesuch, und so.« Das ging ihr tatsächlich alles zu schnell. Doch in ihrem Kopf reiften Pläne. Zukunftsvisionen. Sie und Andrew ... Nur wie sollte sie das Stephen erklären? »Wie komme ich denn nach Hause? Bringst du mich durch die Tunnel?«

»Okay, mit Frauenkram habe ich es nicht so, aber ich würde dich auch nackig mitnehmen. Du siehst fantastisch aus, wie du bist. « Andrew stand auf und ging zum Fenster. Er legte die Handfläche auf die Scheibe und sofort wurde sie durchsichtig.

Emma stockte der Atem, als sie direkt vor dem Haus die Kuppel erkannte. Sie befanden sich irgendwo am Stadtrand, das Panorama war nicht gerade grandios, weil die Schutzhülle die Sicht versperrte. Deshalb waren so nah an der Kuppel meist Firmengebäude oder Fabriken gebaut worden. Unter sich erkannte sie Umwälzpumpen für die Frischluftversorgung. Nun wäre es ein Leichtes für sie, seine Adresse herauszufinden.

Sie schluckte. Was für ein Vertrauensbeweis von Andrew.

»Wir sind in der Brigg Street«, sagte er.

Vehement unterdrückte sie sämtliche Gefühle, die sich zu einem brisanten Cocktail mischten. Sie wollte ihm vor Freude um den Hals fallen und ihm alles beichten, gleichzeitig weinen und sich vor ihm verstecken. Er vertraute ihr vollkommen. Wenn er jetzt erfuhr, wer sie wirklich war, was würde er tun? Er liebte diese Stadt und war der geborene Anführer. Bestimmt würde er sie ins Gefängnis bringen. Er war ein Mann mit Prinzipien.

»Was ist denn los mit dir?«, fragte er sanft und zog sie an seinen nackten Körper.

Emma hatte nicht bemerkt, dass er sich ihr genähert hatte, so versunken war sie in Gedanken gewesen. »Du vertraust mir blind. Das überwältigt mich. Was, wenn ... Ich könnte zum Widerstand gehören.« *Oh Gott, Emma, gestehe ihm doch gleich, wer du bist!*

Lächelnd küsste er sie auf die Stirn. »Du bist meine Sekretärin. Steel und ich haben deinen Lebenslauf durchkämmt. Er ist blütenweiß.« Andrew zwinkerte. »Na ja, dass du beim Vorlesewettbewerb in der Grundschule nur Zweite geworden bist, fand ich nicht so toll, aber jeder von uns hat Jugendsünden, oder?«

Das mit dem Vorlesewettbewerb stimmte sogar und war eins der wenigen Dinge, die ihr von ihrer Vergangenheit allein gehörten und nicht aus einem gefakten Lebenslauf stammten.

Seufzend schmiegte sie sich an ihn.

»Ich hab das Gefühl, du willst nicht gehen.«

Wir können nicht immer das haben, was wir wollen, dachte sie und wünschte, sie könnte die Zeit anhalten. Schwerfällig löste sie sich von ihm und marschierte zum Badezimmer. Dort holte sie ihr Laufdress aus dem Cleaner und zog sich hastig an.

Andrew stand hinter ihr. »Ich kann dir eine Rikscha bestellen.«

Er hatte die Fahrradtaxis mit offenen Anhängern zur Personenbeförderung eingeführt und sie waren mit Begeisterung angenommen worden, da es kaum motorisierte Fahrzeuge in White City gab. Zumindest keine größeren. Die Stadt war einfach zu eng für breite Automobile.

»Danke dir, ich bin gut zu Fuß, ich jogge.« Plötzlich wollte sie nur noch aus seiner Wohnung, denn sonst würde sie ihn heute nicht mehr verlassen können. Doch wenn sie nicht pünktlich beim Kommunikator war, würde Stephen vielleicht Yana dafür büßen lassen.

Oh Gott, heute Nacht hatte sie überhaupt nicht an ihre Schwester gedacht! Emma wusste nicht einmal, ob sie noch lebte. Stephen schuldete ihr ein direktes Übertragungsgespräch mit Yana, keine Sprachaufzeichnung, die er mittels eines Computerprogramms selbst erzeugen oder vor dem Senden zensieren konnte. Sie musste sich zuerst überzeugen, dass es ihr gut ging.

»Emma?«

An der Haustür drehte sie sich zu ihm um. »Hm?«

»Bekomme ich noch einen Kuss?« Mittlerweile trug er eine Boxershorts, die ihm tief auf den Hüften saß. Am liebsten hätte sie ihm die Hose sofort wieder ausgezogen. Aber es war keine rein sexuelle Begierde, die sie zu ihm hinzog. Es war mehr, viel mehr. Außer ihrer Schwester hatte es bisher niemanden gegeben, dem sie so nahe gewesen war, dem sie so sehr vertraute und bei dem sie sich wohl fühlte. Der ihr zuhörte, sie zum Lachen brachte und sie in den Arm nahm. Bei dem sie sich rundum aufgehoben fühlte.

Wenn nur nicht diese unsichtbare Kluft zwischen ihnen liegen würde. Und ihr Geheimnis.

Emma griff in Andrews Nacken, zog seinen Kopf heran und drückte die Lippen fest auf seinen Mund. Als sie ihn küsste, schienen sich Klauen in ihre Brust zu schlagen, so verzweifelt sehnte sie sich nach einem Happy End.

Aber das würde es niemals geben.

Tränen wollten sich nach draußen drängen, doch Emma hielt sie zurück. Schweren Herzens löste sie sich aus seiner Umarmung. »Wir sehen uns ja morgen im Büro.«

»Ich vermisse dich jetzt schon.« Er lächelte sanft, und sein verträumter Blick traf sie bis ins Mark.

»Bis Montag«, sagte sie und eilte zur Tür hinaus.

***

Montagmorgen war im Büro wie immer die Hölle los. Irgendwie wollte jeder etwas von ihm, seine Berater und andere Parlamentsmitglieder gingen ein und aus, sodass er nie mit Emma allein war. Sie saß ihm gegenüber an ihrem Schreibtisch und tippte am Computer, wobei sie ihm hin und wieder verstohlene Blicke schenkte.

Emmas Verhalten erinnerte ihn an eine verschreckte Rebellin, die damals beinahe einen Höhlenkoller bekommen hatte. Einerseits erschien sie ihm nervös, andererseits fuhr sie voll auf ihn ab. Seine Instinkte meldeten, dass sich Emma seltsam verhielt, aber dafür gab es schließlich eine Erklärung: Einmal war sie gänzlich unerfahren, was Beziehungen betraf, zum anderen hatte sie Vorbehalte wegen ihrer beruflichen Zusammenarbeit. Plötzlich mussten sie aufpassen, wie sie sich vor anderen gaben, und die Konsequenzen, falls ihre Affäre aufflog, waren nicht abzusehen. Er konnte ihre Reaktionen nachvollziehen und wünschte sich, er könne ihr ein wenig Unsicherheit abnehmen.

Mittags brachte ihnen eine Angestellte Essen ins Zimmer, weil der Andrang immer noch nicht nachgelassen hatte, doch am Nachmittag hatte Andrew die Schnauze gestrichen voll. Er verschob den Termin mit dem Haushaltsminister auf später und bat Emma, ihn ins Archiv zu begleiten. Dort, hinter dicken Stahltüren, waren sie ungestört. Fire checkte den Raum, dann ließ er sie allein und zog die schweren Türen hinter sich zu.

Andrew stand mit Emma zwischen Bergen von Aktenordnern. Er hatte bei seiner Amtseinführung angefangen, alle wichtigen Dinge, die nicht in die Hände des Widerstands gelangen durften, auf Papier festzuhalten und in diesem ehemaligen Bunker unter dem Regierungsgebäude zu verstauen. Neonlampen verbreiteten ein grelles Licht, und die Stille wirkte beinahe unheimlich.

»Ich hab dich vermisst«, sagte er und drängte Emma gegen die einzige freie Wand im Raum. »Der restliche Sonntag ohne dich war langweilig.«

»Hmm«, brummte sie, während sie auf seinen Mund starrte.

Nun wirkte sie nicht verängstigt, eher ein wenig aufgeregt, mit den geröteten Wangen und dem atemlosen Keuchen, das sie von sich gab.

»Ich würde unsere heiße Nacht am liebsten sofort wiederholen.«

»Hier?« Ihre Augen weiteten sich.

»Hier, jetzt.« Er fuhr mit den Fingern in ihr Haar, das sie zum ersten Mal, seit sie bei ihm arbeitete, offen trug. Das deutete er als Einladung. »Ich will dich zum Stöhnen bringen, muss dich spüren.«

Bevor sie protestieren konnte, küsste er sie. Sofort lehnte sie sich an ihn und schlang die Arme um seine Taille.

Andrew vertiefte den Kuss, während er durch die dünne Bluse ihre Brüste knetete. Oh, wie gerne wollte er sie ficken, einfach ihren Rock hochheben und in sie eindringen. Sein Schwanz stand bereits wie eine Eins und konnte es ebenso wenig erwarten.

Nachdem er eine Hand unter ihren Rock geschoben und ihren Slip berührt hatte, drückte sie ihm den Unterleib entgegen. »Du brauchst es, was?«

»Ja«, hauchte sie. Schwer hingen ihre Lider über den wunderschönen Augen.

Mit einem Finger schlüpfte er in ihr Höschen und verteilte die samtige Nässe zwischen den Schamlippen.

»Andrew …« Zart biss sie in seinen Hals und klammerte sich an seinen Nacken.

Ja, das gefiel ihr. Rasch schob er den Zeigefinger in sie, und Emma stöhnte an seiner Schulter.

Wie feucht sie für ihn war … Er musste sie nehmen, jetzt!

Schnell zog er die Hand zurück und leckte ihren Saft vom Finger. Der köstliche Geschmack ihrer Lust berauschte ihn nur noch mehr. Sein Schwanz zuckte, und Andrew griff nach Emmas Hand, um sie auf seinen Schritt zu legen.

Da knackte die Sprechanlage. »Sir, der Haushaltsminister ist bereits in Ihrem Büro.« Fires Stimme hallte durch das Archiv. »Offenbar hat ihn die Nachricht nicht erreicht.«

Andrew fluchte leise und löste sich schwer atmend von Emma. »Wir machen morgen weiter«, raunte er und gab ihr einen Kuss. »Und dann will ich, dass du keinen Slip trägst.«

Sie nickte atemlos und richtete hastig ihren Rock, danach öffnete sich bereits die Stahltür, woraufhin Fire sie nach oben führte.

***

Am nächsten Morgen war Andrew noch früher im Büro als gewöhnlich. Er hatte gehofft, Emma würde nach der Arbeit zu ihm nach Hause kommen, leider war sie nicht erschienen. Daher freute er sich, sie gleich wieder den ganzen Tag um sich zu haben.

Sie kam pünktlich wie immer um acht Uhr, und das Erste, was sie zu ihm sagte, als sie dicht an seinem Schreibtisch vorbeischlenderte, war: »Ich trage kein Höschen, wie Sie befohlen haben, Mr. President.« Dabei hauchte sie die Worte verführerisch in sein Ohr. Ihr warmer Atem brachte seine Haut zum Prickeln.

Daraufhin lief er den halben Tag mit einem Ständer herum, bis er wieder mit ihr zu den Archiven verschwinden konnte. Und diesmal würde er keine Unterbrechung dulden.

Nachdem Fire sie eingeschlossen hatte, drückte er Emma bäuchlings über einen großen Tisch und hob ihren Rock an. Ihr splitternackter Hintern ragte ihm entgegen. Sie war tatsächlich seinem Wunsch gefolgt.

»Braves Mädchen«, raunte er und streichelte ihre drallen Pobacken. Am liebsten wollte er sofort zwischen ihre Schenkel tauchen, stattdessen ging er in die Knie, um die Fingerspitzen über die Seidenstrümpfe gleiten zu lassen, die bis zu ihren Oberschenkeln reichten.

Seine Fantasien überschlugen sich. Er wollte schmutzigen, heftigen Sex. Andrew hatte sich Frauen gegenüber im Bett stets zurückgehalten, um sie nicht zu erschrecken, aber bei Emma wollte er sich nicht verstellen. Er konnte es nicht. Daher zog er ihre Pobacken auseinander und ließ die Zunge über ihren verborgenen Eingang kreisen.

Emma zuckte und stellte sich hin. »Was machst du da?!«

»Bücken«, befahl er, wobei er die Hand auf ihren unteren Rücken presste, damit sie sich wieder auf den Tisch legte. »Ich will, dass du mir deinen Hintern entgegendrückst.« Mit donnerndem Herzen wartete er auf ihre Reaktion. Verdammt, er musste es langsam angehen lassen, durfte nicht zu rabiat werden. Dazu war sie einfach noch zu unerfahren.

Als sie gehorchte, machte ihn das gleich noch heißer. Er konnte alles sehen, auch ihre Schamlippen, die dick und geschwollen zwischen ihren Schenkeln lagen. Sie konnte es also genauso wenig erwarten wie er.

Erneut tauchte er die Zunge zwischen ihre Pobacken und leckte über die sternförmige Öffnung, atmete den herben Duft ein und erfreute sich an ihren leisen Stöhnlauten.

Emma schämte sich, dass Andrew ihren entblößten Unterleib sehen konnte, und das Spiel seiner Zunge machte es nicht besser. Dazu kamen seine Befehle. Er liebte es, den Ton anzugeben, und demonstrierte auf sanfte Weise seine Macht.

Als er ihre Beine mit dem Fuß auseinander rückte und von hinten an ihre Scham griff, schoss Hitze nicht nur in ihre Wangen, sondern auch in ihre Schamlippen. Ihr Puls klopfte bis in den Kitzler, und während Andrew einen Finger in sie schob und sie es schmatzen hörte, stöhnte sie verhalten.

»Nass und bereit, obwohl ich noch nichts gemacht habe«, sagte er. »Turnt es dich an, wenn ich dir unanständige Befehle zuraune?«

Sie wusste selbst nicht, was mit ihr los war, aber es gefiel ihr.

»Antworte mir, Emma!«

»Ja, Sir«, schoss es aus ihrem Mund.

»Sir?« Er knabberte an ihrer Pobacke. »Es macht mich heiß, wenn du mich so nennst. Spürst du, wie sehr du mich erregst?«

Er stand hinter ihr auf, um seinen Unterleib an ihren Po zu drücken. Dann nestelte er an seiner Hose herum, und sein harter Penis glitt zwischen ihre Schenkel.

»Ja, Sir«, wisperte sie, da sie kaum noch fähig war zu sprechen. Sie wollte ihn endlich in sich spüren, damit dieses unerträgliche Pochen ein Ende fand.

»Mach ihn erst feucht. Leck ihn.«

Sie drehte sich zu ihm herum und sank auf die Knie. Seine Erektion ragte aus der Hose und lag genau vor ihren Augen. Ein Tropfen glänzte auf der purpurnen Kuppe; Emma nahm ihn mit der Zunge auf.

Andrew holte zischend Luft. Als sie zu ihm aufblickte, schaute er verklärt zu ihr herab.

Was tat sie nur? Sie hatte Sex mit dem Mann, den sie ausspionieren musste, anstatt das Archiv zu durchforsten. Ob er sie allein hier herunter lassen würde? Wie könnte sie das anstellen?

Bisher hatte sie Stephen nichts verraten, ihm nicht gesagt, wo Andrew wohnte oder was sich zischen ihnen ereignet hatte. Sie hatte es nicht übers Herz gebracht.

Als sie den samtigen Schaft tief in den Mund nahm und den festen Kern unter ihren Lippen spürte, verschwanden alle Gedanken, die mit ihrem Auftrag zu tun hatten. Sie wollte jetzt auch nicht daran denken, sondern bloß nehmen und genießen. Hier gab es nur Andrew, sie und ihr erregendes Liebesspiel.

»Ja, mach ihn schön feucht«, sagte er heiser und schob seine Hüften vor und zurück.

Sie schmeckte seine salzigen Tropfen und strengte sich an, ihm möglichst viel Lust zu verschaffen, fuhr mit der Zunge die Adern auf dem Schaft nach und drückte die Spitze gegen das Bändchen der Eichel.

Hastig zog er sich zurück. »Jetzt werde ich dich ficken. Zieh deinen Rock aus, damit ich dich besser sehen kann.«

Bei seinen Worten zog sich ihr Unterleib lustvoll zusammen. Sie stand auf und schlüpfte aus dem Stoff, sodass sie nur noch die Schuhe, Strümpfe und ihre Bluse trug.

Andrews heiße Blicke schienen ihren Körper zu verbrennen. »Setz dich auf die Tischkante.«

Sie gehorchte bereitwillig, und er packte ihre Beine an den Kniekehlen, sodass sie sich für ihn öffnete. Damit sie nicht nach hinten kippte, stützte sie sich mit den Ellbogen auf der Platte ab.

Erneut konnte er alles sehen, und er genoss die Aussicht offensichtlich. Sein Penis zuckte, mehr Tropfen benetzten die pralle Kuppe.

Als seine Spitze in sie drang, spürte sie bereits die ersten Kontraktionen tief in ihrem Inneren. Wieso reagierte sie sexuell derart heftig auf Andrew? Oder war das immer so zwischen Mann und Frau?

Atemlos betrachtete sie ihn in seinem Anzug. Er sah so gut aus und strahlte etwas Erhabenes aus. Ihr Chef, der Präsident von White City. Und ihre Körpermitten waren auf unanständige Weise miteinander verbunden. Verwundert starrte sie auf den glänzenden Schaft, der immer wieder in sie stieß.

Andrew schloss die Augen, während er tief in sie glitt. Bereitwillig nahm sie ihn auf, spürte dem lustvollen Pochen nach und schrie auf, als er eins ihrer Beine auf die Schulter legte, um dafür ihre Klitoris zu stimulieren.

Innerhalb weniger Sekunden kam sie zum Höhepunkt. Während er mit dem Daumen fest über ihren Kitzler strich, trieb er sich in einem immer langsamer werdenden Rhythmus in sie. Er legte den Kopf zurück und stöhnte losgelöst.

In diesem Moment innigster Verbundenheit hüllte Wärme ihr Herz ein.

Sie war verloren, rettungslos verloren.

Wie in ihrer ersten Nacht ergoss er sich auch diesmal tief in sie, und als er sich zurückzog, liefen seine und ihre milchige Flüssigkeit aus ihr heraus und benetzten den Tisch.

»Bleib so«, befahl er, zog ein frisches Taschentuch aus der Hosentasche und wischte sie damit notdürftig sauber. Danach zog er sie in die Arme. »Komm heute Nacht zu mir nach Hause, Emma, und ich kann dir noch mehr davon geben.«

Ihr Puls raste. »Ich würde gerne, aber dann bekämen wir beide keinen Schlaf.« Sie wollte zu ihm, wollte mehr hiervon erleben, doch das wäre wenig vorteilhaft für ihr Herz. Sie hatte es bereits zu weit für ihn geöffnet, es schlug nur seinetwegen so schnell. »Ich komme wieder am Samstagabend. Versprochen.«

Sanft lächelnd ließ er sie los. »Du hast recht. Gut, dass du so vernünftig bist.« Er konnte es offenbar genauso wenig erwarten. »Lass uns wieder an die Arbeit gehen.«

***

Die restliche Woche gestaltete sich stressig wie immer. Selten hatte er Augenblicke mit Emma allein, einmal hätte er sie beinahe spätabends im Büro geküsst, als eine Reinigungskraft hereingeplatzt war.

»E-entschuldigung, Mr. President, ich wusste nicht, dass noch jemand hier ist. D-da stand kein Bodyguard vor der Tür«, hatte die alte Frau gestammelt und sich zurückgezogen, während Andrew so getan hatte, als hätte er Emma eine Wimper aus dem Auge geholt.

Es hatte sich herausgestellt, dass Steel nur eine halbe Minute weg gewesen war, weil er im Nebenraum seltsame Geräusche gehört hatte, aber es war ebenfalls eine Reinigungskraft gewesen, die aus Versehen eine Vase umgestoßen hatte.

Das Schicksal meinte es nicht gut mit ihnen, daher konnte es Andrew kaum bis Samstagabend erwarten.

Kapitel 5 – Planänderung

Puh, was war das zwischen Emma und ihm?

Andrew starrte seine geschlossene Wohnungstür an und fühlte immer noch Emmas Geschmack auf den Lippen. Wie am letzten Sonntag war sie in ihr Laufdress geschlüpft, hatte ihn noch einmal leidenschaftlich geküsst und ihn viel zu bald verlassen, es war schließlich noch Vormittag. Warum flüchtete sie vor ihm?

Verdammt, was könnte er falsch gemacht haben? Wollte er zu viel von ihr? Überforderte er sie?

Diese Frau hatte ihn ganz und gar eingenommen. Am liebsten hätte er sie nicht gehen lassen, um den gesamten Tag mit ihr im Bett zu liegen, mit ihr zu kuscheln, reden und Sex zu haben. Sehr viel Sex. Jedoch wollte er sie nicht bedrängen. Er spürte, dass sie noch nicht so weit war wie er, obwohl sie ihre Intermezzi im Archiv offensichtlich genoss.

Zwischen Emma und ihm gab es nur Arbeit und Sex. Ihr schien das zu reichen, aber ihm nicht. Er wollte mehr, wollte mit ihr einen schönen Film anschauen, ausgehen, mit ihr in der Öffentlichkeit gesehen werden. Jeder sollte wissen, dass sie ein Paar waren.

Okay, sie würde in einer anderen Abteilung arbeiten müssen, doch das würde er in Kauf nehmen.

Was, wenn sie das nicht wollte? Wenn niemand wissen sollte, dass sie zusammen waren? Und waren sie das überhaupt? Immerhin hatte sie heute Wechselkleidung bei ihm gelassen, sogar ihre Zahnbürste stand neben seiner im Bad, das deutete er als gutes Zeichen. Außerdem hatte sie endlich zugesagt, mit ihm am Abend in Resur Essen zu gehen. Und womöglich war es auch wirklich besser, wenn niemand etwas von ihrer Affäre erfuhr, das könnte Emma zur Zielscheibe machen. Er war der Präsident, es gab genug Leute, die sich die Hände für ein Druckmittel reiben würden, und er wollte nicht, dass ihr etwas passierte. Darüber wollte er nicht einmal nachdenken. Er hatte sogar schon seine Bodyguards beauftragt, sie auf dem Nachhauseweg vom Büro zu begleiten, was ihr nicht gefallen hatte, doch er machte sich Sorgen um ihre Sicherheit. Früher oder später würde ihr Verhältnis auffliegen.

Die Frauen hatten es seit jeher leicht bei ihm gehabt. Irgendwie verliebte er sich schnell und heftig, weshalb er froh gewesen war, dass sein Amt ihn ablenkte. Wegen Sonja hatte er monatelang Liebeskummer gehabt. Ein ätzendes Gefühl.

Nein, mit Emma sollte ihm das nicht geschehen, er würde erst testen, ob sie wirklich zusammenpassten und sie überhaupt längerfristig etwas von ihm wollte.

Oh Gott, er war solch ein Träumer! Zum Glück ahnte niemand, was für ein Softie in ihm steckte, doch sein großer Traum war schon immer eine glückliche Familie gewesen.

Weil er das selbst nie gekannt hatte.

Als er daran dachte, wie Vater ihm Mutter weggenommen hatte, sie *getötet* hatte … Da war etwas in ihm zerbrochen. Andrew hatte geschworen, nie wieder einen anderen Menschen so sehr zu mögen, damit ihm nicht noch einmal solch ein Schmerz zugefügt wurde. Nur konnte man seine Gefühle nicht abstellen, zumindest er nicht. Schließlich war er nicht tot.

Unruhig tigerte er in der Wohnung umher. Er hatte große Lust zu rennen bis er nicht mehr konnte und sich sein Kopf frei anfühlte. Zu viel wirbelte darin durcheinander.

Er steuerte auf sein Laufband zu, aber ein Blick auf die zerknüllten Laken ließ die Erinnerung an letzte Nacht aufleben. Es war so gut gewesen wie noch nie und etwas ganz anderes als heimlich und schnell während der Arbeit.

Nein, er musste raus, am besten in den Park. Daher zog er sich ebenfalls seine Jogginghose und den Kapuzensweater an und stand keine fünf Minuten später vor dem Nachbarapartment.

Steel machte die Tür auf, kaum dass er geklingelt hatte. »Hey, Boss, was gibt es?«

»Lust auf eine Runde Joggen?« Er wollte jetzt nicht allein sein, außerdem befanden sich um diese Zeit zu viele Menschen in der Grünanlage, weshalb er lieber Geleitschutz mitnahm.

Sein Bodyguard grinste. »Immer gerne. Fire schläft noch und ich langweile mich zu Tode.«

»Bin hellwach«, ertönte die Stimme des anderen Kriegers. Die Tür wurde weiter aufgezogen, und Andrew sah den halbnackten Hünen hinter Steel. Fire war etwas schlanker und noch ein Stück größer; sein feuerrotes Haar leuchtete wie eine Signalfackel. Er konnte kaum aus den Augen sehen und vergrub die Hände tief in seiner grauen Pyjamahose.

»Lange Nacht gehabt?«, fragte Andrew.

Fire gähnte. »Steel und ich haben uns ein Duell auf der Gamestation geliefert.«

Andrew wusste, dass die beiden in jeder freien Minute auf ihrer Konsole spielten. »Und wer hat gewonnen?«

»Er.« Steel deutete mit dem Daumen über seine Schulter. »Ich bin eingeschlafen.«

»Du hast doch nur so getan, weil ich am gewinnen war.«

Grinsend schüttelte Andrew den Kopf. Wenn er nicht wüsste, dass die beiden fähige Leibwächter waren, würde er sie für große Jungs halten. »Ich glaube, ich nehme Steel mit«, sagte er zu Fire, »können Sie mich heute Abend mit dem Shuttle nach Resur fliegen?«

»Klar, Boss. Gibt es etwas, worauf ich achten muss? Spezielle Sicherheitsvorkehrungen?«

»Nur die üblichen. Ich möchte mit Ms. Jones in Resur zum Essen gehen.« Er räusperte sich. »Privat.«

Fire bekam große Augen, während ihn Steel lediglich wissend anschaute.

Oh Mann, das konnte ja heiter werden. Während Steel eher der diskrete Typ war, würde Fire ihm Löcher in den Bauch fragen …

***

»Wir sollten lieber im hinteren Teil des Parks bleiben«, meinte Steel, als sie die Anlage durch die Tür im Zaun betraten. »Die meisten Leute halten sich am Sonntag am See auf.«

»Einverstanden.« Er würde ohnehin nur zwei, drei kleine Runden drehen. Da es auf Mittag zuging und die Sonne hoch am Himmel stand, war es bereits zu heiß zum Laufen. Gut, dass es überall Getränkeautomaten gab, an die Hitze würde er sich wohl nie gewöhnen.

Steel und er zogen sich die Kapuzen über den Kopf, dann lief Andrew voran und sein Bodyguard joggte hinter ihm her. Es fiel weniger auf, wenn er Abstand hielt. Zwar erkannte jeder sofort anhand seiner Statur, dass er ein Warrior war, aber er war nicht der einzige seiner Brüder im Park. Es gab in der Nähe einen Bereich mit Fitnessgeräten unter freiem Himmel. Dort hielten sich die ehemaligen Krieger gerne auf, um zu trainieren und mit den Frauen zu flirten, die sie dabei beobachteten.

Als er mit Steel am Fitnessbereich vorbeilief, pfiffen zwei attraktive Brünette seinem Leibwächter zu. Doch er würde ihnen wie immer nur ein flüchtiges Lächeln unter seiner Kapuze schenken, wusste Andrew. Manchmal fragte er sich, ob Steel eher Männer begehrte, weil er ihn noch nie mit einer Frau zusammen gesehen hatte. Wobei Steel aber auch nur wenig Freizeit hatte, und Andrew nicht wirklich mitbekam, was der Mann privat trieb.

Seine Gedanken schweiften zu Emma. Hatte er sie zu sehr bedrängt? Sie war heute schon wieder regelrecht vor ihm geflohen, genau wie am letzten Sonntag. Oder war er solch ein miserabler Liebhaber gewesen?

Er würde sich heute noch mehr anstrengen. Zuerst ein schönes Abendessen bei Kerzenlicht mit Blick auf den Sonnenuntergang. Dann könnte er ihr etwas über die Sternbilder erzählen. Vom Dach des Restaurants hatte man eine wunderschöne Aussicht. Und danach … Sollte er sie noch zu sich bitten, wenn sie wieder in White City waren?

Plötzlich vernahm er Steels Stimme hinter sich. »Dort ist Ms. Jones.«

Andrew wäre fast über seine Füße gestolpert. Tatsächlich, keine fünfzehn Meter von ihm entfernt stand Emma auf dem Rasen, ihnen den Rücken zugedreht, und machte Dehnübungen. Sie beugte ihren Oberkörper so weit nach unten, dass sie mit den Handflächen das flache Gras berührte.

Er hatte während ihrer Liebesspiele mitbekommen, wie gelenkig sie war, und die drallen Rundungen ihres Gesäßes erinnerten ihn sofort wieder an den heißen Sex.

Aber ein wenig beleidigt war Andrew nun schon. Zog sie es vor, Sport zu machen, statt mit ihm den Sonntag zu verbringen?

»Ich gehe kurz zu ihr«, sagte er zu Steel und joggte auf die Wiese.

Als er neben Emma stand und »Hi« sagte, zuckte sie zusammen schoss kerzengerade in die Höhe.

Aus riesigen Augen starrte sie ihn an. Ihr Mund bewegte sich, doch kein Ton kam hervor.

Verdammt, sie hatte geweint. Ihre Lippen sowie die Lider waren gerötet, eine Träne hing in ihren wunderschönen, langen Wimpern.

»Was ist passiert?« Er wollte sie in die Arme ziehen, aber sie machte einen Schritt zurück.

»Nichts, nichts …« Zitternd atmete sie ein und sämtliche Farbe wich aus ihrem Gesicht. »Hast du mich verfolgt?«

»Nein, ich wollte mit Steel bloß eine Runde drehen, weil ich raus musste.« Er nickte zu seinem Leibwächter, der in der Nähe Liegestützen machte.

»Wieso weinst du?« Irgendwie wirkte sie verstört und durcheinander. »Hab ich dich zu sehr bedrängt?« Er hatte ihr letzte Nacht hoffentlich nicht wehgetan? Ihr Sex war heftiger denn je gewesen, er hatte sogar kurz überlegt, ihr die Arme über dem Kopf zu fesseln. Das wollte er schon immer ausprobieren. Zum Glück hatte er es nicht getan.

Sie schüttelte den Kopf. »Es liegt nicht an dir, nur an mir.«

»Du kannst mir alles sagen, Emma.« Er spürte, dass sie ihm etwas verschwieg. Als er glaubte, Furcht in ihren Augen zu lesen, bildete sich in seinem Magen ein Klumpen. »Hast du immer noch Angst vor mir? Ich bin nicht der Mann, der ich einmal war.«

Ihr entwich ein leises Keuchen, doch dann schloss sie den Mund wieder. Endlose Sekunden starrte sie ihn an, bevor sie flüsterte: »Wir reden heute Abend beim Essen, ja?«

Eine tonnenschwere Last fiel ihm von den Schultern. Sie wollte noch mit ihm Essen gehen, Gott sei Dank.

»Okay, dann bis heute Abend.« Er wollte sie küssen, aber sie drehte schnell den Kopf, sodass seine Lippen nur ihre Wange berührten.

»Bis später, Andrew«, sagte sie, danach wandte sie sich um und lief davon.

Im Moment sah sie nicht danach aus, als würde sie allein klarkommen. Andrew wollte ihr hinterher rennen, aber Steel hielt ihn an der Schulter zurück. »Kein Aufsehen erregen, Boss. Wir laufen lieber in die andere Richtung. Da vorne ist die Stipinski mit ihrem Mann.«

Andrew zuckte fast unmerklich zusammen, als er die große blonde Frau vor einem Kiosk erkannte. Die Klatschreporterin fehlte ihm gerade noch. Mrs. Stipinski wusch gerne schmutzige Wäsche und auf ihn hatte sie es besonders abgesehen. Vorerst sollte niemand erfahren, dass er ein Verhältnis mit seiner Sekretärin hatte.

Schweren Herzens beugte er sich Steels Anweisung. Andrew hatte es langsam satt, derart in seiner Freiheit eingeschränkt zu sein. Manchmal kam es ihm vor, als würde eine unsichtbare Hand seine Kehle zuschnüren. Der Posten verlangte ihm alles ab, da passte es ihm überhaupt nicht, seinen Kopf an eine Frau zu verlieren, mit der er zusammenarbeiten musste. Natürlich hatte er gewusst, was auf ihn zukam, und er hatte sein Leben den neuen Herausforderungen angepasst, doch Emma machte es ihm gerade verdammt schwer, sich weiterhin auf sein Amt zu konzentrieren.

Nein, es war nicht fair, ihr die Schuld zu geben. Er allein war Herr über seine Emotionen – oder auch nicht. Im Moment fühlte es sich an, als würde ihm sämtliche Kontrolle entgleiten.

Steel räusperte sich neben ihm. »Scheint Ihnen ja wirklich ernst zu sein mit Ms. Jones.«

Sein Kommentar überraschte ihn, denn normalerweise hielt er sich aus privaten Angelegenheiten heraus. Im Augenblick war Andrew jedoch froh, jemanden zum Reden zu haben.

»Es musste ja fast so kommen. Immerhin habe ich nicht viele Gelegenheiten, Frauen näher kennenzulernen.« Verdammt, er hatte tatsächlich eine emotionale Bindung zu Emma aufgebaut. Das war nicht geplant gewesen, er brauchte einen freien Kopf, musste sich konzentrieren, gerade jetzt, wo es in die nächste Phase ging. Sobald White City ein neues Computersystem besaß, wollte er damit beginnen, andere Städte vom Regime zu befreien. Zuerst Videos einspielen, wie sie es damals auch hier gemacht hatten, und dann die Unruhen ausnutzen. Nun konnte er an nichts anderes mehr denken als an Emma, ihr süßes scheues Lächeln, ihre Hingabe. »Ich hab einfach kein Händchen für Frauen.«

»Aber einen guten Geschmack. Sie ist heiß.«

Stand Steel also doch auf das weibliche Geschlecht? Andrew schenkte ihm einen warnenden Blick.

Sein Bodyguard hob grinsend die Hände. »Nicht ganz mein Typ, keine Angst.«

Das würde ihm gerade noch fehlen, wenn er eine weitere Frau an einen Warrior verlor. Das mit Veronica war eher Freundschaft gewesen, während er sich in Sonja ziemlich verguckt hatte. Doch was er mit Emma erlebte, war mit nichts zu vergleichen. Sie warf ihn vollkommen aus der Bahn. Er wollte das mit ihr auf keinen Fall versauen. Ja, es war kompliziert, aber er war daran gewöhnt um etwas zu kämpfen, das ihm wichtig war.

»Welche Frau wäre denn Ihr Typ, Steel?«, fragte er, während sie den Weg zurückjoggten.

Sein Leibwächter scannte weiter die Umgebung, wirkte allerdings nachdenklich. »Die Frau, die ich mir vorstelle, müsste erst erschaffen werden.«

»Wie sollte sie sein?«

»Wie ich«, murmelte er nur und nahm die Beine in die Hand.

***

Emma wusste nicht mehr weiter, alles schien verloren. Ihr Leben, das ihrer Schwester und das von Andrew. Und nach Stephens neuen Anweisungen auf ihn zu treffen, hatte ihr den Boden unter den Füßen weggerissen.

Emma rannte zum Ausgang, als wäre der Teufel hinter ihr her. Vorbei an Familien, die Picknick machten, Kindern, die auf der Wiese Ball spielten, und Leuten, die einfach nur im Gras lagen und dösten. Ständig warf sie einen Blick über die Schulter, aber sie entdeckte weder Andrew noch seinen Leibwächter.

Hätte er sie fünf Minuten eher zwischen den Felsen erwischt, wäre sie aufgeflogen. Dort hatte sie diesmal den Kommunikator versteckt.

Ihr blieb die Luft weg, ihre Lungen pfiffen. Da war der Ausgang, doch sie wollte nicht unter die Kuppel, noch nicht. Also ließ sie sich unter einem Sonnensegel ins Gras fallen und schloss die Augen. Riesige Ventilatoren sorgten für Luftbewegung, und Emma schnappte nach Sauerstoff. Normalerweise geriet sie nicht so schnell außer Puste, das beklemmende Gefühl in ihrer Brust rührte eher von dem Gespräch mit Stephen her. Was sollte sie jetzt tun? Sie wusste keinen Ausweg.

Im Geiste ging sie noch einmal das Gespräch durch und hoffte, nicht in Tränen auszubrechen. Sie brauchte einen kühlen Kopf, musste nachdenken. Vielleicht gab es eine Lösung, irgendwas …

»Ich bin ihm nähergekommen, genau wie du wolltest«, erzählte sie Stephen, während sie sich zwischen zwei großen Felsbrocken versteckte. Wo Andrews Wohnung lag, verschwieg sie weiterhin, auch, dass sie mit ihm mehrmals Sex gehabt hatte. »Er will mit mir Essen gehen, er will mehr von mir. Aber genau darin liegt das Problem. Ich kann nicht mit ihm … schlafen.« Ihr Magen verkrampfte sich und ihre Stimme zitterte. Hoffentlich bemerkte Stephen die Lüge nicht. »Er ist unser Feind! Ich habe Angst vor ihm.«

»Du wirst es wohl noch schaffen, die Beine breit zu machen, mehr musst du doch gar nicht tun«, drang es zischend aus dem Kommunikator. Zum Glück übertrug er kein Bild. Ihr Patenonkel hätte sonst den Hass in ihren Augen gesehen.

»Aber …«

»Er wird dir nichts tun, schließlich arbeitet er hart am Image des Saubermannes.«

»Trotzdem, ich …«

»Verdammt noch mal! Ist dir deine Schwester wirklich egal?«, brüllte er.

Yana! Beinahe hätte sie den Kommunikator fallen gelassen. »Ich vermisse sie sehr, doch …« Sie atmete tief durch und traute sich Stephen zu fragen: »Kann ich mit ihr sprechen? Ich will ein Lebenszeichen.«

Ein Schnauben drang aus dem Gerät. »Sie erfreut sich bester Gesundheit, mein fähigster Krieger passt auf sie auf.«

»Bitte«, flehte sie und unterdrückte einen Schluchzer, der in ihrer Kehle feststeckte.

Es herrschte kurzes Schweigen, dann nahm seine Stimme einen harten Klang an. »Gut, du hast eine Minute. Solltest du dich verplappern, wird Yana das büßen.«

Ihr Herz raste. »Ich sage nichts, versprochen!« Aufgeregt wartete sie, und die Minuten kamen ihr wie Stunden vor. Würde er sie wirklich mit ihr sprechen lassen?

»Emma?«, drang es plötzlich aus dem Kommunikator.

»Yana!« Sie musste so stark schluchzen, dass sie nicht mehr reden konnte.

»Geht es dir gut? Ist die Seuche überstanden?«

Die Seuche … Yana dachte also immer noch, White City würde unter Quarantäne stehen. Da sie ihre Schwester nicht mehr belügen wollte als nötig, antwortete sie: »Mir geht es gut! Nicht mehr lange, dann werden wir uns sehen!«

»Ich kann es kaum erwarten. Ich vermisse dich so sehr!«

»Ich vermisse dich auch.«

Plötzlich knackste es und die Verbindung riss ab. »Yana?«

»War das Beweis genug?«, vernahm sie Stephens Stimme.

Sie wollte noch mehr mit ihrer Schwester sprechen, das war viel zu kurz gewesen! Da sie jedoch wusste, dass Stephen das niemals zulassen würde, sagte sie: »Ich danke dir«, und biss sich auf die Unterlippe. Sie hatte ihn bereits genug herausgefordert.

Yana … Der Schmerz in ihrer Brust fraß sie beinahe auf. Ihre Schwester zu hören, kurz mit ihr zu sprechen, hatte sie noch mehr aufgewühlt.

Hastig wischte sie sich eine Träne fort und kauerte sich tiefer zwischen die Felsen. »Warum ich, Stephen? Du hättest jeden nehmen können.« Nur nicht Yana. Ihre zweieiige Zwillingsschwester sah ihr zwar etwas ähnlich, aber ansonsten waren sie sehr verschieden, besonders charakterlich. Yana war lebenslustig, sprunghaft, impulsiv und hatte immer zu viel Energie. Kein Wunder, dass Stephen sie nicht für sein Vorhaben gebrauchen konnte.

»Du warst eben meine erste Wahl. Niemand kommt näher an Pearson heran als du.«

Weil sie die passende Ausbildung hatte. Und weil Stephen mit Yana das perfekte Druckmittel besaß.

»Planänderung, Emma. Ich habe eine Idee, wie du deine Schwester sofort sehen kannst.«

Ihr Herz machte einen Satz. »Sofort?« Sie konnte es kaum erwarten!

»Bring es zu Ende. Wenn dich Pearson wirklich so sehr anwidert, wirst du sicher kein Problem haben, ihn aus dem Weg zu schaffen. Wenn er erst mal tot ist und die

Bürger keinen Anführer mehr haben, wird das Chaos ausbrechen.«

Sie schluckte und ihr wurde schwarz vor Augen. »Tot?«

»Du musst dir nicht die Hände schmutzig machen. Ich kenne eine Adresse, da bekommst du ein Pulver. Das schüttest du ihm, wenn ihr Essen geht, einfach ins Getränk. Es wirkt sehr schnell, lässt sich nicht nachweisen und löst einen Herzinfarkt aus.«

»Ich soll ihn töten?« Sie konnte kaum atmen, so sehr erschreckte sie die Forderung. Andrews sanftes Lächeln kam ihr in den Sinn, seine streichelnden Hände, ihr leidenschaftlicher Sex. In seiner Nähe fühlte sie sich lebendig. Begehrt. »Ich habe noch nie … So etwas kann ich nicht!« Nein, sie würde Andrew nie etwas antun!

»Du kannst, oder Yana wird sterben!«

Plötzlich war ihre Kehle wie zugeschnürt. Lebhaft stellte sie sich vor, wie Stephens Warrior ihre Schwester quälte, sie folterte, sie … Nein, Yana!

Alles in ihr schrie gegen diese Ungerechtigkeit an. Andrew auszuspionieren nahm sie in Kauf, aber ihn umbringen?

Stephen hatte das sicher von Beginn an geplant! Er wollte größtmögliche Rache, nur konnte er die selbst nicht nehmen, da man ihn sofort zu seinem Bruder in die Zelle stecken würde, sollte er hier auftauchen. Sie hingegen war ein unbeschriebenes Blatt, dafür hatte ihr Patenonkel gesorgt.

»Tu es, Emma, und ich werde dich und Yana nach Paradisia schicken.«

Falls sie Andrew umbrachte – konnte sie dann überhaupt noch den Himmel auf Erden gemeinsam mit ihrer Schwester auf Paradisia genießen? Was würde Yana von ihr denken? Könnte sie je wieder in den Spiegel blicken? Sie konnte Andrew ja jetzt schon kaum ins Gesicht sehen, weil sie im Bürocomputer herumgeschnüffelt hatte. Dabei hatte Andrew so viel für seine Ziele geopfert.

Ihr Magen verkrampfte sich, und erneut richtete sich sämtliche Wut gegen Stephen. Er hatte ihr Leben verplant und zwang sie, zur Mörderin zu werden, alles zu verlieren.

Als sie Andrew noch gehasst hatte, war alles in Ordnung gewesen, aber er war nicht der Mann gegen den sie kämpfen wollte, das war ihr bereits lange klar. Andrew setzte sich wirklich für alle ein, er sorgte dafür, dass es jedem Bürger gut ging. Die Menschen hatten sich verwirklichen dürfen und ihre Berufe wechseln, wenn der ihnen zugeteilte sie nicht erfüllt hatte.

Andrew hatte alle Turbinen des Kraftwerks am Lake Mead reparieren lassen, Resur und White City hatten genug Strom und Wasser. Die unterirdischen Frischwasserreserven würden noch Jahrzehnte reichen, denn Resur hatte eine weitere Kläranlage bekommen und konnte sich jetzt komplett selbst versorgen.

So vieles hatte sich verbessert, seitdem Andrew Präsident war. Es stand Stephen nicht zu, das zu zerstören, nur weil sein Bruder und die anderen Senatoren im Gefängnis saßen. Sie konnten die Bürger nicht länger für dumm verkaufen.

Sie hatte also die Wahl, alles lag in ihrer Hand – Andrews Tod und die Auferstehung des alten Regimes oder der Tod ihrer Schwester und White City blieb eine freie Stadt.

Konnte sie Yana opfern? Den einzigen Menschen, der immer für sie da gewesen war? Ihre Seelenverwandte und einzige Familie?

In ihrem Kopf rotierte es.

»Bist du noch dran?«, fragte Stephen.

»Ja«, hauchte sie.

»Dann haben wir uns also verstanden?«

»Ja«, wisperte sie unter Tränen. »Und was wird aus mir? Er ist immer von seinen Bodyguards umgeben, sie werden mich sofort verhaften!« Oder töten …

»Wo findet dieses Essen statt?«

»Auf einer Dachterrasse in Resur.«

»Wie gesagt, es wird wie ein Herzinfarkt aussehen und die Ärzte werden kein Gift nachweisen können. In all dem Trubel werde ich ein Shuttle schicken, wir werden einen Treffpunkt in der Wüste vereinbaren.«

»Das Essen …«, murmelte sie. »Es ist schon heute, aber morgen muss ich mit ihm ins Gefängnis, sonst kann ich doch das Virus nicht einspielen!«

»Fuck!«, rief Stephen. »Heute? Gut aufgepasst, Emma.«

Eine Riesenlast fiel von ihr ab. Stephen war so zerfressen von seinem Hass, dass er begann, Fehler zu machen. So kannte sie ihn nicht.

»Dann machst du es morgen Abend. Triff dich am besten bei ihm zu Hause …«

»Bei ihm, aber …«

»Hör auf, das naive Gänschen zu spielen!«, brüllte er. Zum Glück hatte sie die Lautstärke heruntergeregelt, sonst würden sie womöglich noch bemerkt werden. »Ich habe meine Quellen und die sagen, dass du ihn schon lange fickst, sogar während der Arbeit!«

Oh Gott … Es wurde still um sie herum, ein gewaltiger Druck legte sich auf ihre Ohren und nahm ihr zugleich sämtliche Luft. Stephen hatte seine Spitzel überall.

»Versau es nicht, Emma«, drang seine Stimme schwach zu ihr vor. »Du gibst ihm zu Hause das Gift, danach kommst du in den Park. Du schneidest den Zaun auf und läufst in die Wüste, ich werde dir den genauen Standort noch durchgeben. Dort werden wir dich abholen.«

»Und was ist, falls es nicht klappt und sie mich erwischen? Falls sie mich verdächtigen, auch wenn es wie ein natürlicher Tod aussieht? Was wird aus Yana?«

»Du wirst dich anstrengen, dann wird alles klappen. Pearson scheint dir zu vertrauen, ja, offenbar ist er ganz vernarrt in dich. Er wird nicht vermuten, dass du ihn umbringen willst, und das Gift ist nicht nachweisbar.«

Vernarrt … »Aber was, wenn irgendetwas schief geht?«

»Töte Pearson, dann bleibt Yana am Leben!«

Mit diesen Worten hatte Stephen das Gespräch beendet. Nun hatte sie etwas Aufschub bekommen. Töten musste sie ihn trotzdem.

***

Emma konnte nicht mit Andrew zum Essen gehen, auf keinen Fall! Zitternd lief sie durch ihre kleine Wohnung und drehte die kleine Plastikflasche in der Hand. Anstatt Pulver hatte ihr Stephens Mittelsmann eine klare Flüssigkeit gegeben. Geruchs- und geschmacksneutral, aber sehr effizient, sollte das Gift sein. Es wirkte nur in Verbindung mit einer größeren Menge Alkohol – Minimum ein halbes Glas Wein oder Sekt –, pur eingenommen war es völlig harmlos, sofern mindestens eine Stunde zwischen dem Verzehr der beiden Flüssigkeiten lag. Zudem sah es aus wie ein bekanntes Mittel gegen Sodbrennen.

Emma hatte den jungen Mann in einer ruhigen Seitenstraße gefunden, Stephen hatte ihr den Gebrauchtwarenmarkt genau beschrieben. Sie hatte dem Händler ein Codewort sagen müssen, danach hatte er ihr das Fläschchen überreicht und erzählt, wie sie das Gift anwenden musste.

In einer Stunde wollte Andrew sie abholen, und sie steckte immer noch in ihrem Sportdress. Was hatte sie den ganzen Tag gemacht außer Todesängste ausgestanden? Sie wusste es nicht mehr. Die Furcht um Yana fraß sie auf, genau wie ihre Unentschlossenheit und die Angst um ihr eigenes Leben. Was sollte sie nur tun?

Ob Andrew sie beschützen würde, wenn sie sich ihm anvertraute? Könnte er das überhaupt? Ihre Beziehung wäre auf jeden Fall zerstört, er würde ihr nie wieder ein Wort glauben. Aber lieber das, als wenn er tot wäre. Doch wenn Stephen von dem Verrat erfuhr, würde Yana sterben und einer seiner Mittelsmänner würde sie, Emma, bestimmt ebenfalls töten lassen.

Sie befand sich in einer beschissenen Zwickmühle.

Lange hatte sie über das gemeinsame Abendessen nachgedacht, hin und her überlegt, nun beschloss sie, es abzusagen. Er würde sofort merken, dass etwas nicht stimmte. Sie brauchte jedoch Zeit, um sich klar zu werden, wie es weitergehen sollte.

Anstatt Andrew anzurufen, sprach sie ihm auf seine Phone-Box und entschuldigte sich hundert Mal dafür, dass sie den Geburtstag einer Freundin vergessen hatte. »Ich habe Eva versprochen, mit ihr einen Mädelsabend zu machen«, sagte sie. »Ich bin so auf Wolken geschwebt, dass ich es total vergessen habe.« Ihre Stimme klang ein wenig zu schrill und aufgeregt. Hoffentlich dachte er, ihr wäre die Absage peinlich.

Danach machte sie sich erneut auf in den Park, bevor sie der Mut verließ, holte den Kommunikator zwischen den Felsen hervor und tippte Stephen eine Textnachricht ein: »Essen ausgefallen. Ihm ist etwas Berufliches dazwischengekommen. Habe das, was ich besorgen sollte. Du kannst auf mich zählen.«

Gerade, als sie den Kommunikator verstecken wollte, leuchtete ein Lämpchen grün auf und Stephen meldete sich persönlich. »Ausgefallen?«

Das Gerät glitt ihr aus der Hand, während ihr Herz einen Satz machte. Oh Gott, warum musste er jetzt rangehen?

Schnell hob sie es auf. »J-ja, aber wir holen das nach.« Erneut belog sie Stephen, und Emma betete, dass er das nicht herausfand und Yana nicht dafür büßen musste. Doch sie musste ihn hinhalten, sie musste beide hinhalten, Andrew und ihren Patenonkel. Sie fühlte sich zerrissen, weil sie nicht wusste, was sie tun sollte.

»Dafür habe ich Neuigkeiten«, setzte sie hastig hinzu. Wenn sie Stephen etwas anderes lieferte, würde er vielleicht von seinem Plan ablassen. »Es gibt geheime Gänge unter der Stadt, die führen bis nach draußen in die Wüste! Du könntest jemanden einschleusen.«

»Ich habe von den Tunneln gehört.« Er klang nicht überrascht. »Hast du Lagepläne?«

»Nein«, flüsterte sie. Verdammt!

»Dann kann ich sie vergessen. Sie sind so gut versteckt, dass es fast unmöglich ist, die Eingänge in der Wüste aufzuspüren. Ich kann keinen Suchtrupp schicken, der würde sofort bemerkt werden. Daher wirst du mir die Tunnelpläne besorgen. Glaubst du, Pearson hat darauf Zugriff?«

»Möglich, er hat sie jedoch auswendig gelernt.« Ob er sie ausgedruckt im Archiv bewahrte?

»Ach, vergiss die Pläne, das Ganze dauert mir schon zu lange!«, rief er.

Himmel, was wollte er jetzt wieder?

»Du wirst Pearson töten, sobald sich dir eine Gelegenheit bietet«, befahl er ihr. »Morgen ist der beste Zeitpunkt. Zuerst schleust du das Virus ein, danach schicke ich die Huntress und du vergiftest den Präsidenten. Das perfekte Chaos.«

»Die Huntress?« Niemals zuvor hatte sie diesen Namen gehört. Aber das lenkte sie auch nicht davon ab, dass es für sie keinen Ausweg zu geben schien.

Kapitel 6 – Die Bombe platzt

»Erst versetzt sie mich und jetzt meldet sie sich auch noch krank!« Andrew ließ die Faust so fest auf den Bürotisch knallen, dass Steel sofort mit gezogener Waffe zur Tür hereinkam.

»Alles klar, Boss?«, fragte er, wobei er sich im Raum umsah.

Andrew winkte ab. »Ja … Nein! Ms. Jones hat sich krank gemeldet.«

»Ich hoffe, es ist nichts Schlimmes«, sagte sein Leibwächter und steckte die Pistole weg.

»Ich bin mir sicher, dass sie kerngesund ist. Irgendwas verheimlicht sie mir.« Seine Instinkte schrien danach, dass hier etwas ganz und gar nicht stimmte. Er wollte endlich wissen, was Emma vor ihm verbarg!

Steel kratzte sich am Kopf. »Soll ich Fire vorbeischicken?«

»Nein, ich gehe selbst.« Andrew erhob sich und bedeutete seinem Bodyguard, ihn zu begleiten. »Wir haben in drei Stunden einen Termin im Gefängnis und da wollte ich sie unbedingt dabei haben.« So konnte das nicht weitergehen. Emma musste ihm erklären, was mit ihr los war, oder er würde noch durchdrehen. Auf jeden Fall konnte er so nicht arbeiten.

***

Zehn Minuten später standen sie vor ihrer Wohnungstür in einem gepflegten Apartmenthaus.

»Emma!« Andrew klingelte Sturm und klopfte. Keine Reaktion. »Vielleicht ist sie nicht da?«

Steel drückte das Ohr gegen die Tür. »Ich höre jemanden weinen.«

Er schnappte nach Luft. »Ich muss da rein!«

Steel ging ein paar Schritte zurück und Andrew machte ihm Platz. Dann trat der Warrior die Tür ein.

»Emma!« Andrew lief durch ihre düstere Wohnung. Überall waren die Jalousien heruntergelassen.

Er fand sie im Schlafzimmer auf dem Bett, wo sie wie ein Häuflein Elend zusammengekrümmt auf den Decken lag und weinte.

Sofort setzte er sich zu ihr. »Emma, bist du krank? Soll ich einen Arzt holen?« Sie trug eine Pyjamahose und ein T-Shirt. Als er ihr das Haar aus dem Gesicht strich, erkannte er, dass ihre Lippen und Lider geschwollen waren. Sein Herz verkrampfte sich. Offenbar weinte sie schon länger.

»Keinen Arzt, nicht krank«, schluchzte sie und wandte das Gesicht von ihm ab.

Nachdem sich Steel in den Wohnraum zurückgezogen hatte, senkte Andrew die Stimme, wobei er Emmas Rücken streichelte. »Bitte rede mit mir, was ist los?«

»Du wirst mich hassen, wenn ich es dir sage.«

»So schlimm kann es doch nicht sein?«

»E-es ist sehr schlimm.«

Er spielte alle möglichen Theorien durch – bis auf die Alternativen, die sich auf sein politisches Amt bezogen, die wollte er nicht zulassen –, kam aber nur auf ein Ergebnis. »Du hast einen anderen«, sagte er kraftlos und zog die Hand zurück. Genau, das musste es sein. »Hast du mich im Büro angemacht, weil du dir einen Vorteil versprochen hast? Eine Gehaltserhöhung oder andere Privilegien? Und dann bemerkt, dass es doch der falsche Weg ist?«

Als sie plötzlich »Töte mich« wisperte, gefror sein Blut.

»Was?« Er musste sich verhört haben.

Emma setzte sich auf und blickte ihm fest in die Augen. »Töte mich. Bitte.«

»Was redest du für einen Blödsinn?« Er sprang auf und fuhr sich durchs Haar. »Ich reiße dir doch nicht den Kopf ab, nur weil du einen anderen liebst! Es … ich … Ja, ich habe geglaubt, zwischen uns, das könnte etwas Ernstes werden, aber …«

»Andrew, ich habe keinen anderen«, unterbrach sie ihn mit schwacher Stimme. »Ich wünschte, es wäre so einfach.«

»Keinen anderen?« Erleichtert setzte er sich wieder. »Was ist dann dein Problem? Wenn du mir nichts sagst, kann ich dir nicht helfen.«

Sie riss die Augen auf. »Du würdest mir helfen?«

»Natürlich!« Ermutigend lächelte er sie an und griff nach ihrer Hand. »Egal, was es ist?«

»Ganz egal.« Hauptsache, sie war nicht länger traurig.

Emma holte tief Luft, anschließend stieß sie mit geschlossenen Augen den Atem aus. »Ich … werde erpresst.«

Oh Gott, war sie seinetwegen zur Zielscheibe geworden? »Von wem?«

»Stephen Murano«, wisperte sie.

Als er den Namen seines Feindes aus ihrem Mund hörte, brüllte er: »Ich bringe ihn um!«

Emma zuckte zusammen und wich vor ihm zurück.

Sofort zügelte er sein Temperament. »Dir wird nichts geschehen. Aber dieser Schweinekerl wird dafür bluten! Womit erpresst er dich? Was sollst du tun?«

»Er hält meine Schwester gefangen. Wenn ich dich nicht … töte, wird er sie umbringen.« Schwer atmend starrte sie ihn an; Andrew starrte zurück.

Sie hatte den Auftrag, ihn zu töten?

Augenblicklich stand Steel neben dem Bett, die Hand am Holster. »Ms. Jones hat keine Schwester, Boss.«

»Das weiß ich. Sie ist bereits … tot.« Zu Emma gewandt sagte er: »Hör endlich auf, mir Lügen zu erzählen.«

Sie schluckte, neue Tränen liefen über ihr Gesicht. »Das sind keine Lügen, Andrew. Zum ersten Mal spreche ich völlig offen zu dir. Stephen Murano ist Yanas und mein Patenonkel. Er hat die Daten meiner Zwillingsschwester im System geändert, ihren Tod vorgetäuscht und meinen Lebenslauf umgeschrieben, damit du denkst, ich hasse das alte Regime. Kurz vor dem Sturz vor zwei Jahren hat er Yana nach New World City bringen lassen. Er war eine Art Ersatzvater, ich habe ihm immer vertraut. Er hat uns aufgenommen, nachdem unsere Eltern bei einem Shuttle-Unfall ums Leben kamen. Wir hatten niemanden mehr, lebten bei einer Pflegefamilie, weil Stephen keine Zeit für uns hatte. Aber er hat stets dafür gesorgt, dass es uns an nichts fehlt …«

»… und ihr regimetreu erzogen werdet.« Er wich vor ihr zurück, als hätte sie eine ansteckende Krankheit. Ihr seltsames Verhalten, ihre Worte … *Ich könnte zum Widerstand gehören.*

Sie hatte ihm Hinweise gegeben und er hatte keinen davon erkannt, so blind war er gewesen.

Verdammt, er hatte sich von einer Frau blenden lassen!

Kurz dachte er an Nitro, die ultimative Geheimwaffe des alten Regimes … Es brauchte nicht immer eine Kampfmaschine. Emma zu benutzen war viel subtiler und vielleicht deshalb sogar gefährlicher.

Innerlich toste ein Orkan durch seine Eingeweide, doch er versuchte ruhig zu bleiben und alles zu verarbeiten, was sie ihm erzählte. »Eure Eltern sind gestorben?«

Sie nickte.

Ihr Lebenslauf sagte, dass ihr Vater vom Senat getötet und ihre Mutter zur Sklavin wurde – wegen Bagatellen. Ihre Mutter hatte sich nach einer Show das Leben genommen. Wegen dieser Vergangenheit hatte er Emma ausgesucht, da er sich sicher gewesen war, dass sie das ehemalige Regime hassen musste. Dabei war genau das Gegenteil der Fall.

»Ich traue Stephen eher zu, dass er deine Eltern hat töten lassen, weil sie Staatsfeinde waren. Nur hat er euch das nicht gesagt, sonst hätte er euch niemals für seine Sache gewinnen können.«

»Meinst du?« Sie riss die Lider auf, neue Tränen perlten über ihre Wangen. »Ich traue ihm das auch zu.«

Sie stellte sich gegen Stephen? Oder gehörte das weiterhin zu ihrer Lügenshow? »Warum verlangt er erst jetzt von dir, mich zu töten?«

»Keine Waffen, keine Wanzen, Boss«, unterbrach Steel das Schweigen zwischen ihnen. Sein Leibwächter befand sich immer in der Nähe, um sofort eingreifen zu können. Nebenher durchsuchte er ihr Schlafzimmer.

Vehement schüttelte Emma den Kopf. »Ich kann dich nicht töten, Andrew. Ich habe noch nie jemanden umgebracht. Ich habe Stephen gesagt, ich kann das nicht, aber er wird Yana ...« Ihre Stimme brach. »Daher muss ich sterben, denn dann bleibt sie vielleicht am Leben.«

»Rede nicht so einen Unsinn!« Andrew hätte sie so gerne in die Arme genommen, doch er wollte sich nicht länger täuschen lassen. »Beantworte meine Frage, Emma, oder wie auch immer du heißt. Warum hat Stephen mit seinen Plänen so lange gewartet?«

»Ich heiße wirklich Emma«, flüsterte sie, »und vermutlich hat er so lange gewartet, weil die Huntress noch nicht so weit waren, und die braucht er für seine Pläne. Er will sie nach White City schicken.«

»Huntress?« Den Namen hörte er zum ersten Mal.

»Das sind weibliche Warrior«, erklärte sie. »Ich habe bis gestern nicht gewusst, dass es die gibt.«

»Was?« Steel stellte sich neben das Bett. »Es gibt Frauen, die so sind wie wir?«

Sie nickte.

»Und sie kommen her?« Steels Augen leuchteten regelrecht.

Emma bejahte.

»Ja!« Er klatschte in die Hände. »Endlich mal richtige Weiber für uns, nicht diese Püppchen. Meine Gebete wurden erhört, Halleluja.«

Andrew versuchte sich von dem unerwarteten Gefühlsausbruch seines Leibwächters nicht ablenken zu lassen. »Wie viele sind es und was hat Stephen mit ihnen vor?«

»Er sprach von dreißig Kriegerinnen. Sie landen heute Nachmittag mit einem Shuttle in der Wüste und geben vor, von New World City geflohen zu sein. Sie werden behaupten, das Regime hätte Experimente mit ihnen durchgeführt, und sie sind auf der Suche nach einer neuen Heimat. Stephen hofft auf dein großes Herz und deine Hilfsbereitschaft.«

»Mein Herz ist offen für alle Warrior-Ladys«, sagte Steel grinsend, wurde aber sofort ernst, als Andrew ihm einen finsteren Blick schenkte. »Tschuldigung, Boss.«

Emma schüttelte den Kopf. »Sie haben den Auftrag, euch erst zu umgarnen und dann zu töten.«

Andrew schnaubte. War das auch Emmas Plan gewesen? »Wir werden sie gleich nach ihrer Ankunft verhaften lassen.«

»Schade«, murmelte Steel und blickte nachdenklich in die Ferne, die Arme vor der Brust verschränkt. »Würde sicher Spaß machen, den Spieß umzudrehen und zu testen, wer hier wen verführt.«

»Gibt es noch etwas, das ich wissen sollte?« Andrew blickte Emma scharf an.

»Ich sollte heute einen Virus ins Computersystem schleusen, der das Schließsystem außer Kraft setzt.«

Weibliche Warrior, Computerviren und die Frau, mit der er geschlafen hatte, hinterging ihn ... In Andrew brodelte es. Er hatte ihr vertraut, sie mit zu sich nach Hause genommen und ihr von den Tunneln erzählt!

Eine schwache Stimme in seinem Kopf flüsterte ihm zu, dass Emma all das getan hatte, weil dieser Mistkerl sie dazu gezwungen hatte, dennoch fühlte er sich, als hätte sie ihm ein Messer ins Herz gerammt. »Hast du Stephen gesagt, wo ich wohne?«

»Nein, und ich habe ihm nichts von uns erzählt«, antwortete sie leise. »Er hat es aber schon gewusst.«

Andrew schnaubte bloß. Dieser Bastard hatte immer noch Spitzel in White City.

Nach einer Weile fragte sie: »Wie geht es nun weiter? Was wird aus mir?«

»Ich weiß es noch nicht. Zuerst müssen wir uns um die Kriegerinnen kümmern.« Er wandte sich an Steel. »Höchste Geheimhaltung, niemand darf hiervon erfahren.« Er musste die Huntress verhaften, ohne Aufsehen zu erregen. Vor allem sollte Stephen nichts mitbekommen.

Außer Fire und Steel konnte er in White City fürs Erste niemandem vertrauen. Andrew würde nur seine engsten Freunde einweihen, wie zum Beispiel Jax, Crome, Ice, Veronica, Samantha und Mark. »Steel, sag meinen Termin im Gefängnis ab und informiere Fire. Wir brauchen sofort ein Shuttle nach Resur. Ansonsten kein Wort zu irgendjemandem.«

Wenn Emma ihn hatte täuschen können, konnte er sich auch seinen Beratern nicht anvertrauen. Der Widerstand könnte seine Finger überall im Spiel haben. Er musste seinen eigenen Trupp zusammenstellen mit Leuten, auf die er sich hundertprozentig verlassen konnte.

Während Steel Fire Bescheid gab, wandte sich Andrew an Emma. Sie war ihnen sicher noch nützlich. »Zieh dich an, du hast drei Minuten. Ich nehme dich mit nach Resur, dann sehen wir weiter.«

Erneut zuckte sie bei der Schärfe seiner Worte zusammen, doch sie gehorchte und stand auf, um ihre Kleidung aus dem Schrank zu holen.

»Wie hättest du es tun sollen?«, fragte er leise. »Mich erstechen, während ich schlafe?«

Sie wirbelte herum. »Ich könnte niemals jemanden töten.« Sie kam näher und stellte sich vor ihn. »Schon gar nicht dich, Andrew.«

Er wollte ihr so gerne glauben. »Wie, Emma?«

Mit dem Handrücken wischte sie sich über die Augen. »Ich sollte mich bei dir zu Hause mit dir treffen, um dich zu … vergiften. Weil hier keine Bodyguards sind. Dann sollte ich in den Park gehen und in die Wüste fliehen.«

Andrew schnaubte. »Und weiter?«

»Hätte er mich von dort mit dem Shuttle …« Ihre Stimme brach und sie senkte den Blick. »Er hätte niemanden geschickt, um mich zu holen, daher werde ich sterben, egal was ich tue.«

»So sieht es aus«, sagte er kühl und fühlte sich zugleich schlecht, weil er so kalt zu ihr war. Sie war nur ein Werkzeug. »Die gehen über Leichen, Emma. Vielleicht ist deine Schwester längst tot.«

Ihre Unterlippe bebte leicht und ihre Augen füllten sich mit neuen Tränen. Emma sah aus, als wollte sie sich an ihn schmiegen, Trost bei ihm finden, aber er konnte sie nicht in den Arm nehmen. Nicht jetzt.

Vergiften … Sein Magen zog sich zusammen. Niemand kam näher an ihn heran als sie – von seinen Leibwächtern abgesehen. Sie hätte ihm längst alles Mögliche antun können, doch das hatte sie nicht.

Hastig schlüpfte sie aus ihrem Shirt. Sie trug nichts darunter.

Er wollte erst im Zimmer bleiben, konnte jedoch ihren nackten Körper, der sich erst vor Kurzem an ihn geschmiegt hatte, nicht ansehen. Als sie sich die Pyjamahose abstreifte und ihre langen Beine zum Vorschein kamen, zog er sich in den Wohnbereich zurück.

Warum ausgerechnet Emma?

Er konnte es immer noch nicht begreifen.

***

Fünf Minuten später kam sie zu ihnen. Sie trug eine weiße Stoffhose sowie eine hellblaue Bluse. Um ihre Schulter hing eine kleine beige Handtasche, die Steel ihr sofort wegnahm.

Emma ertrug es stillschweigend, während sein Bodyguard den Inhalt durchsuchte. »Keine Waffen«, murmelte er. »Nur Weiberkram. Taschentücher, ein Mittel gegen Sodbrennen, Parfüm …« Er schnüffelte an dem kleinen Flakon, murmelte »Vanille-Orange« und steckte es ein. »Der Duft könnte den Geruch des Giftes überdecken, ich muss es beschlagnahmen.«

Danach zog er die Plastikflasche hervor und wiederholte die Prozedur. »Hm, riecht wie Wasser, nach nichts.« Steel kniff die Lider zusammen. »Ms. Jones' Herz rast, Boss.«

»Natürlich rast es, ich bin aufgeregt!«, sagte sie.

Er hielt ihr die Plastikflasche vor die Nase. »Ist dort das Gift drin?«

»Ich … es … Ich habe es vernichtet!«

»Ist auch beschlagnahmt«, murmelte Steel und wollte die Flasche ebenfalls einstecken. Da streckte Emma die Hand aus.

»Ich habe einen empfindlichen Magen, bitte lassen Sie mir die Medizin.«

Gebannt verfolgte Andrew den Schlagabtausch. In der Flasche war doch nicht wirklich das Gift?

»Bitte!«, flehte sie.

Sein Leibwächter gab sie ihr. »Dann nehmen Sie einen Schluck!«

Andrew keuchte. Wie in Zeitlupe kam es ihm vor, dass Emma das Fläschchen an die Lippen legte. Was, wenn darin wirklich Gift war? »Emma, nein!« Noch bevor seine Worte den Mund verlassen hatten, hatte sie bereits einen Schluck gemacht.

»Mir passiert nichts.« Sie lächelte zittrig, wobei ihre Hände bebten. »Siehst du? Mir geht es gut.«

Steel runzelte die Stirn und ging um sie herum. »Keine auffällige Veränderung der Herzfrequenz, keine sonstigen körperlichen Reaktionen.«

»Siehst du, es geht mir gut.« Sie schloss das Fläschchen. »Und meinem Magen wird es auch bald besser gehen.«

»Okay, behalten Sie es«, sagte Steel und gab ihr anschließend die Tasche zurück. »Ich muss Sie noch kurz einer Leibesvisitation unterziehen.«

Emma hob die Arme. »Ich trage nur meine Kleidung.«

Steel klopfte sie schnell und routiniert ab, anschließend nickte er. »Ist sauber.«

Andrew und Emma atmeten gleichzeitig auf, dann zog Steel Handschellen hervor.

»Die brauchen Sie nicht«, sagte Andrew.

Sein Bodyguard steckte sie wieder weg und griff an Emmas Oberarm. »Wo haben Sie das Gift?«

»Ich habe es weggeschüttet, wirklich!« Sie klang immer noch aufgeregt. »Ich verspreche Ihnen, dass Andrew nichts passiert, ich hätte es ihm niemals gegeben.«

Andrew schnaubte. Er wusste im Moment nichts mehr.

»Bitte sei nicht so kalt zu mir«, sagte sie mit trauriger Stimme, während Steel sie mitführte. »Ich … habe dir doch alles gestanden.«

Andrew vermied es sie anzublicken und ging im Treppenhaus hinter ihnen her. Ihre Mitleidstour konnte sie sich für andere aufheben. »Du hättest gleich zu mir kommen sollen, schon an deinem ersten Arbeitstag.«

»Aber da kannte ich dich noch nicht«, sagte sie über ihre Schulter. »Ich habe nur den Feind in dir gesehen. Stephens Feind.« Zitternd atmete sie ein und krallte die Finger in ihr Täschchen. »Zuerst sollte ich nur deine Amtsgeschäfte ausspionieren, was du mit den gefangenen Senatoren geplant hast und ob du auch New World City einnehmen wolltest. Doch nach unserer Nacht … Ich habe Stephen wirklich nicht verraten, wo du wohnst. Ich habe ihn sogar gebeten, mich von der Aufgabe zu entbinden. Ich wollte und konnte dich nicht länger hintergehen, weil ich mich …«

Er hielt die Luft an.

»Ich … Andrew … du bedeutest mir sehr viel.«

»Halt den Mund!«, befahl er ihr. »Ich will das nicht hören.«

Sie ließ den Kopf hängen, während Steel sie weiter mit sich zog. »Jetzt hat er den Plan geändert, er hat mir aufgetragen, dich zu töten, und mich gezwungen, mich zu entscheiden: du oder meine Schwester. Ich kann und will nicht zwischen euch wählen. Aber Yana wird sterben, wenn er herausfindet, dass ich dir alles gestanden habe!« Er vernahm einen leisen Schluchzer. »Wir werden beide sterben.«

»Ich weiß«, sagte er ein wenig sanfter und schob sich an ihnen vorbei nach draußen. Er brauchte Abstand, konnte sie kaum ansehen. Im Moment hatte er keine Ahnung, was er mit ihr tun sollte. Theoretisch müsste er sie verhaften lassen, aber dann wären sie und ihre Schwester – falls es wirklich eine gab – dem Tode geweiht. Stephen Murano kannte sicher Mittel und Wege, Emma sogar im Gefängnis ein Leid zuzufügen. Und sich vorzustellen, dass ihr etwas zustieß, wollte er sich nicht ausmalen. Trotz allem fühlte er sich immer noch zu ihr hingezogen.

Kapitel 7 – In Resur

Andrew hatte ihr während des kurzen Fluges keinen Blick geschenkt und sich auch nicht zu ihr gesetzt. Sie hockte zwischen Steel und dem Fenster, weshalb sie sich eingeengt vorkam. Die langen Beine des Warrior fanden kaum Platz zwischen den Sitzreihen.

Verstohlen drückte sie die Handtasche an die Brust und wartete mit den anderen, bis sich die Tür öffnete. Emma war froh, dass sie das Gift behalten konnte. Vielleicht brauchte sie es noch. Bloß war es ohne Alkohol nutzlos.

In den Shuttles gab es Getränke und Snacks … »Kann ich etwas für meine Nerven haben?«, fragte sie daher. »Einen Wein oder einen Prosecco?«

Steel stand kurz auf und reichte ihr anschließend einen Prosecco in der Dose, eine Glasflasche wollte er ihr offenbar nicht in die Hand drücken. Sie fühlte sich wie ein Schwerverbrecher.

Anstatt die Dose zu öffnen, steckte Emma sie ein. »Hebe ich mir für später auf«, sagte sie.

Das Shuttle war hinter der gläsernen Pyramide auf einem Feld gelandet, doch sie betraten nicht das riesige Hauptgebäude, sondern ein etwas kleineres auf der gegenüberliegenden Seite, einen einfachen quadratischen Betonbau, der die Resurer Armee beherbergte. Der Warrior Jax bildete Soldaten zur Verteidigung der beiden Städte aus, denn er war sich – genau wie Andrew – sicher, dass der Frieden nicht ewig währen würde.

Krieger in Tarnanzügen trainierten auf einem Feld, übten sich im Stockkampf oder boxten miteinander. Es mussten mehrere Dutzend sein, und Emma wusste, dass es insgesamt über dreihundert waren, die hier täglich den Ernstfall probten. Nicht nur ehemalige Warrior waren darunter, auch sehr viele Resurer.

Wüstenhitze und Staub schlugen ihr entgegen, während Steel sie über den Sandplatz zog, obwohl sie sehr gut allein gehen konnte. Andrew marschierte vor ihr, daher konnte sie sein Gesicht nicht sehen. Er hatte seinen Anzug durch Jeans und T-Shirt ersetzt und trug außerdem eine getönte Brille. Gnadenlos brannte die Sonne auf sie herab, und Emma war froh, als sie endlich das kühle Haus betraten.

Sofort wurde sie in einen fensterlosen Verhörraum gebracht und musste sich dort an einen Tisch setzen. Die Handtasche legte sie auf ihrem Schoß ab.

Wie in Trance bekam sie mit, wie verschiedene Leute um sie herumwuselten, Computer einschalteten und sich etwas auf ihren Tablets notierten. Eine ältere Frau machte Fotos von ihr.

Einige Personen kannte Emma, zum Beispiel den braunhaarigen Warrior Crome und den schwarzhaarigen Jax, die sich mit Andrew austauschten. Er erklärte ihnen, was geschehen war, als plötzlich eine Frau im weißen Kittel neben ihr stand. Die junge, hübsche Ärztin musste Samantha Walker, Jax' Partnerin, sein. Andrew hatte von ihr erzählt. Sie nahm ihr am Arm Blut ab, anschließend verschwand sie.

Crome befahl ihr, sich hinzustellen, dann fuhr er mit einem Körperscanner, der einer übergroßen Lupe ähnelte, an ihr auf und ab. »Kein implantierter Sender, keine Wanzen«, kommentierte er, nachdem er fertig war und sie sich wieder setzen durfte.

Andrew sagte zu einem blonden Mann am Computer: »Ich will alles wissen, Mark. Woher sie kommt, wer ihre richtigen Eltern waren, wer ihr Zieheltern und wie ihre Verbindungen zu den ehemaligen Senatoren sind.«

Mark … Das war also Mark Lamont, Arzt und Computergenie. Emma erkannte eine Arzttasche zu seinen Füßen, ohne die er nur selten anzutreffen war. Er war eine lebende Legende und hatte früher selbst in White City gearbeitet, nun wohnte er in Resur.

»Ich bin im System!«, rief Mark, und alle drehten sich zu ihm um. »Ich erkenne Spuren, die nicht ordentlich beseitigt wurden … Emmas Lebenslauf wurde geändert, der Tod ihrer Schwester vorgetäuscht.«

»Dann lebt Yana tatsächlich?«, fragte Andrew.

»Ja, Yana Jones. War verdammt schwer zu finden. Wenn ich nicht gewusst hätte, wonach ich suchen muss, hätte ich das nie gefunden.«

Erleichtert atmete sie auf. Nun hatte Andrew einen Beweis, dass sie ihm die Wahrheit erzählt hatte. »Können Sie sehen, ob es Yana gut geht?«, fragte sie Mark durch den Raum.

Er schüttelte den Kopf. »Ich habe nur Zugriff auf alles, was in White City ins System gegeben wurde.«

»Und was hast du über Emma herausgefunden?« Andrew warf ihr einen kurzen Blick zu, woraufhin sie erneut die Finger in ihre Handtasche krallte und den Kopf senkte. Das alles kam ihr unwirklich vor, wie in einem Krimi, nur dass sie die Hauptdarstellerin war.

»Sie heißt wirklich Emma Jones«, sagte Mark. »Eine Verbindung zu Murano kann ich aktuell nicht nachvollziehen, aber ich denke, das bekomme ich auch noch hin. Gebt mir einen Tag.«

Das Stimmengewirr um sie herum mischte sich zu einem auf- und abschwellenden Summen. Sie hörte nicht mehr hin und versank in ihren Gedanken. Noch wusste Stephen nicht, dass hier alles aus dem Ruder gelaufen war und er seine Pläne begraben konnte. Doch lang würde es sicher nicht dauern, schließlich konnte sie nun das Virus nicht mehr einspielen. Er würde so wütend sein, dass er Yana … Sie durfte jetzt nicht an das grausame Schicksal ihrer Schwester denken, weil sie die falsche Entscheidung getroffen … ja, versagt hatte, sondern musste stark sein. Musste überlegen, was sie tun konnte, um Yana zu retten. Aber eigentlich kannte sie die Antwort längst.

Erneut fiel ihr Blick auf Andrew. Er beugte sich von hinten über Marks Schulter und starrte in den Computer.

Erst hatte sie geglaubt, er hätte die Wahrheit gut verkraftet, doch je länger sie ihn beobachtete, desto mehr wendete er sich von ihr ab, beachtete sie kaum noch. Er schien neben Jax alles zu managen, und Emma wurde bewusst, dass der ehemalige Rebellenanführer durchschimmerte. Andrew war der geborene Anführer, ein Staatsmann, ein Stratege und Krieger. Er würde sie verhaften lassen und Yana würde sterben.

Kann ich Yana retten?, fragte sie sich unentwegt, wobei ihr Blick auf die Handtasche fiel. *Das Gift … Es wirkt schnell.*

Sie wollte nicht feige sein und sich aus dem Staub machen, weil sie wohl Jahre oder vielleicht ihr restliches Leben hinter Gittern verbringen würde, sondern ihr ging es allein um Yana. Falls sie, Emma, starb, würde Stephen ihrer Schwester doch nichts antun, oder?

Sie räusperte sich und stand auf. »Entschuldigung, könnte ich bitte auf die Toilette gehen?«

Andrew nickte Steel zu, und der Warrior führte sie aus dem Raum und einen kahlen Gang entlang.

Sie begegneten niemandem, und die Ruhe tat ihr gut, sorgte für einen klaren Kopf. Ja, sie wusste, was sie tun musste, dass sie *es* tun musste. In White City gab es niemanden mehr, der auf ihrer Seite stand und ihr helfen würde, ihr Leben war ohnehin vorbei. Doch Yanas lag noch vor ihr. Und falls sie schon tot sein sollte, müsste sie so die Wahrheit nie erfahren …

***

Andrew sah Steel nach, der Emma abführte. Sie wirkte gefasst, aber niedergeschlagen. Verdammt, wenn er es befahl, würde sie das Sonnenlicht nie wieder sehen. Aber falls er sie laufen ließ, würde es sicher Leute geben, die behaupteten, dass er das nur tat, weil sie beide ein Verhältnis … gehabt hatten. Es war vorbei.

Ob sie ihm ihre Lust und Leidenschaft nur vorgespielt hatte?

Daran wollte er gerade nicht denken.

Andrew konnte kaum atmen, brauchte Luft, musste einen Moment raus hier, damit niemand erkannte, wie schlecht er sich fühlte.

Er vermisste seine alte Emma, die ihm ein paar Tage lang das Leben versüßt hatte. Was würde er dafür geben, wenn alles wie früher wäre. Sie würden lecker im Restaurant essen und danach zu ihm gehen, um sich die ganze Nacht zu lieben. Emma wäre einfach bloß seine heiße Sekretärin und kein Handlanger von Murano.

Verdammt, er musste wissen, ob sie ihm ihre Gefühle vorgespielt hatte. Vielleicht hatte er jetzt zum letzten Mal Gelegenheit, ungestört mit ihr zu sprechen? Wenn er nicht bald Gewissheit hatte, würde er verrückt werden.

Er entschuldigte sich bei den Anwesenden und trat in den Gang hinaus. Dort atmete er einige Male tief durch und erkannte Steel am Ende des Flurs. Sein Bodyguard hielt vor einer Tür Wache, und Andrew gesellte sich zu ihm.

»Ist sie allein da drin?«, fragte er und starrte auf die geschlossene Tür mit der Aufschrift »Ladys«.

Steel nickte.

»Ich möchte ein paar Minuten ungestört mit ihr reden. Meinen Sie, das ist okay?«

»Ich denke nicht, dass aktuell Gefahr von ihr ausgeht, Boss.«

Andrew räusperte sich. »Ist sie … fertig?«

»Sie steht im Vorraum und weint.«

Andrew fuhr sich übers Gesicht. Er konnte keine Frauen weinen sehen. Da sich Emma bis jetzt zusammengerissen hatte, zog sie keine Show ab. Weinte sie, weil sie aufgeflogen war? Bemitleidete sie sich selbst?

Nein, dazu war sie nicht der Typ, außerdem hatte sie ihm freiwillig alles gestanden. Sie wurde benutzt und hatte sich ihm anvertraut. Jetzt könnte er alles aus ihr herausquetschen, was sie über Murano wusste, und ihr dafür die Freiheit schenken.

Sein Herz raste unkontrolliert. *Wenn ihre Gefühle doch echt wären …*

Falls sie sich weiterhin kooperativ zeigte, könnte sie ihnen noch nützlich sein, Stephen falsche Informationen liefern. Andrew könnte weiterhin mit ihr zusammenarbeiten, nur auf anderer Ebene.

Und was würde das bringen? Dass er sich noch mehr nach einer Frau verzehrte, die nichts für ihn war?

Andrew klopfte Steel auf die Schulter und schritt durch die Tür. Sofort erblickte er Emma. Sie stand vor dem Waschbecken, die Dose Prosecco in der Hand.

Erschrocken blickte sie zu ihm, die verweinten Lider weit aufgerissen. Dann setzte sie die Dose an ihre Lippen und trank wie eine Verdurstende den ganzen Inhalt in einem Zug aus.

Wollte sie sich nun betrinken?

»Emma?«, fragte er und trat einen Schritt auf sie zu.

»Bleib, wo du bist, Andrew!« Sie holte die Medizin hervor, die Steel ihr gelassen hatte, und öffnete sie hektisch. Tränen liefen ihr übers Gesicht. »Ich gehe nicht wieder zurück in den Verhörraum.«

Andrew wusste sofort, was sie vorhatte, und reagierte ohne nachzudenken. Mit einem Satz war er bei ihr und schlug das Fläschchen aus ihrer Hand. Dumpf hüpfte es ein paar Mal über den Boden, wo sich der klare Inhalt verteilte.

Obwohl sie bestimmt nichts geschluckt hatte, hustete sie und sank auf die Knie.

Verdammt, sie hatte einen Schluck gemacht – bei sich zu Hause!

»Steel!«, schrie er, aber sein Leibwächter stand bereits neben ihm. »Dieses Magenmittel ist das Gift! Offenbar wirkt es nur in Kombination mit Alkohol!«

»Fuck«, murmelte Steel. »Fassen Sie sie nicht an, Boss!«

Andrew hörte nicht auf ihn, sondern zog sie in seine Arme. »Warum hast du das getan, Emma? Um einer Verhaftung zu entkommen?« Niemals hatte er gewollt, dass sie sich deswegen umbrachte! Verzweiflung und Angst schnürten seine Kehle zu.

Zitternd atmete sie ein. »Wenn ich tot bin, wird Yana vielleicht überleben.« Sie hustete und wand sich in seinen Armen, um die Flasche zu erreichen. »Lass mich, Andrew, ich muss das trinken. Bitte!«

Verdammt, sie hatte Kräfte, von denen er nichts geahnt hatte. Er schaffte es kaum, sie zurückzuhalten. Ständig wollte sie mit den Fingern in die Pfützen greifen.

Töte mich …, hatte sie bei sich in der Wohnung zu ihm gesagt. Fuck! Er hätte sie keine Sekunde aus den Augen lassen dürfen! »Du hast mich angelogen, Emma! Du hast das Gift nicht weggeschüttet!«

»Es tut mir leid, alles so leid …«

Sein Leibwächter kickte das Fläschchen mit dem Stiefel in eine Ecke. »Okay, dann halten Sie sie fest, Boss, kommen Sie nicht mit der Flüssigkeit in Berührung!« Während Steel Unmengen Toilettenpapier abriss und auf die Pfützen legte, warf er einen finsteren Blick auf das Fläschchen. »Sie hat mich ausgetrickst, tut mir leid, Boss.«

»Sie haben alles richtig gemacht«, sagte Andrew. »Niemand konnte das vorhersehen. Sie hat nur einen Schluck genommen, vielleicht macht der nichts aus.« Emma wand sich weiterhin, aber ihre Kräfte ließen nach.

Verflucht, das Gift war für ihn gedacht. Für ihn! Nicht für sie.

Er hätte hellhörig werden müssen, als sie ihn gebeten hatte, sie zu töten. Dann wäre das niemals passiert! Aber seine Gefühle für Emma spielten ihm Streiche, machten ihn blind für so viele Dinge.

Plötzlich verdrehte sie die Augen und schnappte nach Luft.

Sein Herz blieb fast stehen vor Angst. »Einen Arzt, Steel!« Mark … Er war in der Nähe! »Hol Dr. Lamont!«

Sein Bodyguard aktivierte den Sprechfunk und sprintete gleichzeitig los, danach war Andrew allein mit ihr.

Ihre Pupillen waren länglich und ellipsenförmig, die Farbe ihrer Iriden intensiv wie nie. Irgendwie sahen ihre Augen plötzlich aus wie bei einer Katze.

»Was ist mit deinen Augen?«

»Es tut mir alles so leid«, flüsterte sie, während sich ihr Körper verkrampfte. Matt hob sie ihre Hand und legte sie an seine Wange. »Ich liebe dich, Andrew, liebe dich so sehr ... Verzeih m...« Ihr Arm fiel herab, reglos hing sie in seinen Armen, doch sie starrte ihn weiterhin an.

»Emma!« Er legte sie auf den Boden und rüttelte an ihrer Schulter. Da trat weißer Schaum aus ihrem Mund, oder war es Erbrochenes?

Schnell drehte er sie zur Seite, als auch schon Mark mit Steel und den anderen zurückkam. Der Arzt brachte Emma sofort in die stabile Seitenlage.

»Was hat sie genommen?«, fragte er und öffnete seine Tasche.

Verzweifelt schüttelte Andrew den Kopf. »Ich weiß es nicht. Irgendein Kombinationsgift, das mit Alkohol wirkt.« Er konnte nur hilflos mit ansehen, wie sie röchelte.

Steel hob vorsichtig mit zwei Fingern die Flasche auf und schnupperte daran. »Ich rieche nichts.«

»Raffiniert«, sagte Mark. »Es wurde sicher entwickelt, damit es kein Warrior aufspüren kann. Solange wir nicht wissen, was sie genommen hat, kann ich ihr nur Aktivkohle geben.« Er holte eine weiße Tube aus der Tasche und untersuchte hastig ihren Mundraum. »Keine Verätzungen.« Dann drückte er den Inhalt der Tube in ihren Mund. »Schlucken Sie das, Emma, es ist ein dünner Brei. Versuchen Sie es!« Er ließ die Creme in ihren Mund laufen und Emma hustete. Danach schlossen sich ihre Lider.

»Hat sie es geschluckt?« Andrew wollte nicht im Weg stehen, daher hatte er sich im Hintergrund gehalten, aber er musste bei ihr sein, deshalb kniete er sich wieder neben sie.

»Ich weiß es nicht«, sagte Mark. »Sie muss sofort auf die Krankenstation!«

Andrew hob sie hoch, drückte sie an seine Brust, und die Gruppe setzte sich in Bewegung.

»Soll ich sie nehmen, Boss?«, fragte Steel.

»Nein, laufen Sie in die Krankenstation, die Ärzte dort sollen alles vorbereiten!« Er wollte nicht, dass ein anderer sie hielt, denn falls sie starb, sollte sie in seinen Armen liegen. Sie hatte gesagt, dass sie ihn liebte!

»Ihr Herz, Doc«, rief Steel, bevor er lossprintete, »es schlägt unregelmäßig.«

Mark wirkte alarmiert. »Wir verlieren sie.«

Andrew gab alles, lief so schnell er konnte. Er rannte mit ihr aus dem Gebäude und überquerte das Feld hinter der Pyramide. Glühend heiß brannte die Sonne auf sie herab, und der Staub, den Steel vor ihm aufgewirbelt hatte, kratzte in seiner Lunge. Aber er wurde nicht langsamer, obwohl seine Arme fast abfielen und er kaum noch Luft bekam. Er würde alles geben, alles!

»Halte durch, Emma«, sagte er keuchend. »Alles wird gut. Das verspreche ich dir.«

Kapitel 8 – Ende und Anfang

Müde trat Andrew auf den Flur der Krankenstation und zog die Zimmertür leise hinter sich zu. Emma war immer noch nicht erwacht, doch aus dem Gröbsten raus. Seit gestern war sie bewusstlos, aber sie würde überleben. Er hoffte, noch mit ihr sprechen zu können, bevor er wieder ins Büro musste.

Gestern waren die Huntress angekommen, genau wie sie gesagt hatte. Es war schwer für ihn gewesen, Emma allein zu lassen und nicht zu wissen, ob sie durchkommen würde. Ständig hatte er in Resur angerufen. Leider hatte er nicht bei ihr sein können, denn er musste die gefangenen Kriegerinnen verhören. Diese waren alles andere als gesprächig. Andrew war kaum schlauer als zuvor und hoffte heute auf Neuigkeiten von Steel. Eine der Jägerinnen war entkommen, doch sein Bodyguard hatte sie schnell gefunden und verhörte sie nun auf seine Art. Andrew vertraute dem Mann, er würde der Frau keinen Schaden zufügen.

Er schlenderte zum Kaffeeautomaten, um wach zu werden, und traf auf Mark.

»Ich wollte gerade zu dir«, sagte er. Seine Augen leuchteten. »Ich habe interessante Neuigkeiten über Ms. Jones.«

Sofort war Andrew hellwach. »Erzähl!«

»Komm mit.« Sie betraten Marks und Samanthas Büro. Die junge Ärztin saß hinter einem Schreibtisch und begrüßte ihn. »Sie hatte nie biologische Eltern, nicht im herkömmlichen Sinn. Sie ist eine Huntress.«

»Was?« Das hätte er am wenigsten erwartet. »Sie ist wie diese Kriegerinnen?«

»Na ja, nicht ganz.« Samantha zeigte ihm ein Karyogramm, eine Abbildung von Emmas gesamtem Chromosomensatz. »Inaktives Genmaterial.« Begeistert deutete sie auf ein Chromosomenpaar, aber Andrew konnte mit der Darstellung nichts anfangen. »Emma hat Katzengene, genau wie unsere Warrior und die Huntress. Nur sind sie bei ihr nicht aktiv.«

Er erinnerte sich an ihre veränderten Augen, nachdem sie das Gift geschluckt hatte. »Ihr wollt mir also sagen, dass Emma aus einer misslungenen Huntress-Züchtung stammt? Sie ein Versuchsobjekt war?«

»Wenn du es so hart ausdrücken willst, ja«, antwortete Samantha.

Fassungslos lehnte er sich gegen die Mauer, weil sämtliche Kraft aus seinen Beinen wich. Aus Emma hätte eine Jägerin werden sollen, eine Kampfmaschine. »Und ihre Schwester?«

»Die ist genau wie sie«, erwiderte Mark. »Also fast, denn sie sind zweieiige Zwillinge.«

Vermutlich war Emma deshalb so sportlich, anmutig, schön, schlau … Aber verbesserte Sinne hatte sie offenbar nicht. Er schluckte. Wie würde sie diese Informationen aufnehmen? Oder wusste sie es vielleicht längst? Er selbst konnte es kaum begreifen. »Ich muss Ice fragen, ob er irgendwas über dieses Huntress-Programm weiß.« Der ehemalige Warrior stammte aus New World City und hatte ihm bereits viele Details über das dortige Regime verraten.

»Er hat keine Ahnung«, sagte Mark. »Ich habe heute Morgen schon mit ihm darüber gesprochen.«

»Was wirst du jetzt tun?«, fragte Jax. Andrew hatte nicht bemerkt, dass er sich zu ihnen ins Büro gesellt hatte. Zu viel spukte ihm im Kopf herum.

Seufzend fuhr er sich durchs Haar. »Ich weiß es nicht.« Sein Magen verkrampfte sich. »Ich meine … Sie hatte den Auftrag, meine Geschäfte auszuspionieren und mich zu töten.« Das nagte immer noch in ihm.

Samantha legte ihm eine Hand auf die Schulter. »Aber das hat sie nicht. Stattdessen hat sie dir alles gestanden.«

Jax nickte zustimmend. »Sie ist doch jetzt irgendwie eine von uns. Crome und ich wurden hier auch aufgenommen, nachdem wir uns vom Regime abgewandt haben, genau wie Storm und Ice. Warum nicht deine Emma?«

Samantha lächelte. »Du liebst diese Frau. Warum quälst du euch beide?«

Erschrocken schaute er die zwei an. Sie wussten Bescheid. Mittlerweile hatten sicher einige mitbekommen, wie es um sein Herz stand, also leugnete er nichts. Tatsächlich fiel eine Last von ihm. Seine Freunde standen hinter ihm. Am liebsten wollte er Emma wachrütteln, um ihr gleich zu sagen, dass er ihr die Freiheit schenken würde.

»Wer weiß es noch?«, fragte er mit rauer Stimme. Es genügte, dass Steel, Fire, Jax, Samantha und Mark eingeweiht waren.

»Niemand«, antwortete Jax. »Und ich habe eine Idee, wie Emma aus der ganzen Sache rauskommt …«

***

Während Emma im Leichensack lag und von der Krankenstation zu einem Shuttle gebracht wurde, dachte sie darüber nach, was sie erfahren hatte, um die Platzangst besser zu ertragen. Zum Glück bestand das Material ihres Beutels aus Stoff und ließ genug Licht hindurch. Dennoch hatte sie das Gefühl, zu ersticken.

Sie stammte also aus demselben Zuchtprogramm wie die Huntress. Waren die eingesperrten Kriegerinnen dann so etwas wie ihre Schwestern? Und wieso hatten sich ihre Augen verändert? Als Andrew ihr das erzählt hatte, hatte sie es kaum begreifen können. Mark hatte gemeint, das hätte an der Extremsituation gelegen, der sie ausgesetzt gewesen war. In solchen Momenten könnte es passieren, dass tief versteckte Fähigkeiten zum Vorschein kamen.

Unfassbar!

Ihr Leben war bisher immer eine Lüge gewesen, aber jetzt endlich die Wahrheit zu kennen, machte nichts besser, im Gegenteil. Sie war eine im Labor gezüchtete Missgeburt, von einer Leihmutter ausgetragen und eine

Verräterin. Natürlich konnte Andrew so etwas nicht lieben. Sie war ihm trotzdem unendlich dankbar, dass sie nicht ins Gefängnis musste. Hoffte sie. Wer wusste, wo sie wirklich landete? Vielleicht befand sie sich gerade auf dem Weg zu ihrer Exekution?

Ruhig weiteratmen, stillhalten … Andrew würde niemals so grausam sein. Oder doch?

Nachdem sie aufgewacht war, hatte Mark sie darüber aufgeklärt, wer sie war und dass sie ihren Tod vortäuschen würden, um Yana zu schützen, während Andrew sie nur angestarrt hatte. Danach hatte er sich flüchtig verabschiedet, weil er seinen Pflichten nachkommen musste, und war ohne eine Berührung verschwunden. Kein Händedruck, kein Kuss. Warum auch, wenn sie daran dachte, wie schockiert er sie angesehen hatte …

Ihr Tod musste echt wirken, damit Stephen keinen Verdacht schöpfte. Nur Andrews engste Vertraute waren eingeweiht. Fire würde sie nun zusammen mit Mark nach White City fliegen, um sie durch die unterirdischen Geheimgänge in ein Versteck zu bringen. Nur Fire wusste, wo das lag, selbst Dr. Lamont würde es erst erfahren, wenn sie dort waren.

Sicherlich müsste sie in einem Bunker Unterschlupf finden, und dann? Wie lange musste sie dort bleiben? Würde sie den Himmel jemals wiedersehen?

***

Erst als sie sich in den Tunnels befanden, wurde sie aus dem Leichensack befreit. Gott sei Dank, sie hätte es keine Sekunde länger darin ausgehalten.

Der ersten Mensch, den sie erblickte, war Andrew.

»Ich dachte, du bist im Büro!«, sagte sie verwundert, während er ihr die Hand reichte, um ihr aus dem Beutel zu helfen. Sie war überglücklich, ihn zu sehen, ließ sich aber nichts anmerken.

»Ich brauche Fire, ohne Leibwächter darf ich mich ja keinen Meter bewegen.« Er lächelte sanft und brachte ihr Herz zum Flattern. »Außerdem will ich sichergehen, dass du wohlbehalten dein Ziel erreichst.«

Er kümmerte sich um sie … Das war ein gutes Zeichen, oder? Ob sie weiterhin Freunde bleiben konnten? Sie wünschte es sich so sehr.

Der rothaarige Bodyguard ging voran, Dr. Lamont folgte ihm und Andrew bildete mit Emma das Schlusslicht. Ihre Knie knickten kurz ein, da sie so aufgeregt und noch etwas schwach auf den Beinen war, aber sie fing sich von selbst wieder.

»Soll ich dich stützen?«, fragte er.

»Geht schon.« Natürlich wollte sie lieber von ihm gehalten werden, zumal sie sich wirklich noch nicht gut fühlte. Ihr Schädel pochte, Glitzersternchen schwirrten um sie herum. Ihr Kreislauf befand sich definitiv noch im Keller, und ihr Magen spielte verrückt. Vehement unterdrückte sie die aufsteigende Übelkeit. Aber könnte sie Andrews Nähe ertragen? Zu wissen, dass sie ihn vielleicht nie wieder küssen, nie wieder in seinen Armen liegen könnte, machte sie krank. Daher dachte sie an Yana, und dass sie jetzt für sie beide stark sein musste. Was würde ihre Schwester machen, wenn sie von ihrem Tod erfuhr?

Zum Glück dauerte der Weg nicht allzu lange, wobei sie wie beim letzten Mal keine Ahnung hatte, wo sie sich befanden. Die restliche Strecke legten sie mit einem Aufzug zurück und mussten sich aufteilen, weil der Lift so eng war. Sie durfte mit Andrew fahren und genoss den kurzen Moment der Nähe.

Als sie schließlich in seinem Apartment herauskamen, traute sie ihren Augen nicht. Dr. Lamont dirigierte sie sofort zum Bett, danach verabschiedete sich Andrew oberflächlich von ihr. Er und Fire mussten ins Gefängnis, die Pflicht rief. Eine Gruppe Huntress wartete immer noch darauf, verhört zu werden. Emma blieb also mit Dr. Lamont allein zurück und schaute Andrew traurig hinterher, als er seine Wohnung verließ.

Sie kuschelte sich in Andrews Kissen, nahm einen tiefen Atemzug seines Duftes und löcherte den Arzt anschließend mit Fragen, doch der riet ihr, sich auszuruhen. Andrew würde ihr alles erklären, wenn er am Abend nach Hause käme.

War das zu fassen? Sie durfte bei ihm sein, ein besseres Versteck hätte sie sich nicht wünschen können.

***

Fire brachte Andrew wie immer bis in seine Wohnung, dann checkte er kurz die Lage und verschwand nach nebenan. Er war im Moment sein einziger Bodyguard, da sich Steel immer noch mit der Huntress beschäftigte.

Mark saß neben dem Bett und legte den Finger an die Lippen. Offenbar schlief Emma, er erblickte lediglich ihren Haarschopf.

Vorsichtig stellte Andrew eine graue Transportbox und eine Tüte auf dem Wohnzimmertisch ab und lauschte. Der Inhalt der Box verhielt sich ruhig, er konnte sich also erst um Emma kümmern.

Mark kam auf ihn zu. »Sie schläft, aber alles ist gut. Sie braucht mich nicht mehr.«

Er nickte. »Danke, dass du dich um sie gekümmert hast. Ich hoffe, ich habe dich nicht zu lange von anderen Dingen abgehalten.«

Mark winkte ab. »Ich habe hier einiges erledigen können und kann morgen Früh den Systemneustart vorbereiten. Dann sind wir endlich völlig unabhängig, unsere Kommunikation und die Shuttlenavigation laufen über andere Satelliten und die verfluchten Bastarde haben es in Zukunft schwer, uns auszuspionieren.«

Oder ihre Ankunft in New World City zu bemerken … »Du bist der Beste«, sagte Andrew und klopfte ihm auf die Schulter. »Du hast was gut bei mir.«

Mark lächelte. »Das hab ich für uns alle getan.«

»Soll ich dir ein Shuttle bestellen, das dich zurück nach Resur bringt?«

»Das mache ich«, antwortete Mark, »kümmere du dich nun um Emma.« Er verabschiedete sich und verließ das Apartment.

Andrew schlich ans Bett. Emma lag da wie ein Engel, die Haare fächerartig auf dem Kissen ausgebreitet, und schlief selig. Es war spät geworden, aber die Huntress hielten ihn auf Trab. Auch hatte er einiges koordinieren müssen, zwei Shuttles würden bald nach New World City aufbrechen, und er hatte eine Überraschung für Emma besorgt.

Leise zog er sich aus und begab sich ins Badezimmer. Vielleicht würde eine Dusche seinen Kopf klären. Er war immer noch durcheinander wegen all der Ereignisse in den letzten Tagen, doch die Arbeit hatte ihn ein wenig abgelenkt. Nun musste er sich allerdings Emma stellen. Sie hatte sicherlich viele Fragen und er wollte ihr alle beantworten. Womöglich konnte er das auch auf morgen verschieben, denn wecken wollte er sie nicht. Er wollte sich bloß noch an sie kuscheln und schlafen.

Der heiße Dampf der Dusche tat gut. Schnell wusch er sich und wickelte sich ein Handtuch um die Hüften. Er hatte vergessen, sich etwas zum Anziehen mit ins Bad zu nehmen, aber er war es eben gewohnt, allein zu sein.

Doch er wollte nicht länger allein sein. Ob es zwischen Emma und ihm wieder so werden könnte wie zu Beginn ihrer Beziehung?

Andrew schnappte sich eine Shorts aus dem Schrank und begab sich in den Wohnbereich. Dort stellte er sich vor den Screener und schaltete ihn mit einer Handbewegung ein, um die Nachrichten des Tages abzurufen. Um Emma nicht zu wecken, verzichtete er auf den Ton und aktivierte auf dem großen Bildschirm den Untertitel. Die schrille Stimme der Reporterin Mrs. Stipinski ertrug er ohnehin nicht. Sie stand vor der Pyramide in Resur und bewegte aufgeregt den Mund.

Der Tod von Präsident Pearsons Privatsekretärin Emma Jones erschütterte heute White City und die Bürger von Resur. Sie starb im Alter von vierundzwanzig Jahren an einer geplatzten Bauchaorta, selbst eine Notoperation konnte sie nicht mehr retten. Der Präsident ist sehr bestürzt darüber. Ms. Jones hinterlässt keine Angehörigen … bla … offenbar handelte es sich um ein Bauchaortenaneurysma … bleibt oft unentdeckt … bla … führt schnell zum Tod … bla.

Als er den Screener abschaltete, hörte er Emmas Stimme hinter sich. »Meinst du Stephen hat es schon erfahren?«

Andrew wirbelte herum. Da stand sie, gekleidet in eine legere Hose und ein T-Shirt, während er bloß die Shorts trug. »Ja, er wird längst Bescheid wissen, ich habe die Nachricht bereits heute Morgen im Gefängnis und im Büro verbreitet. Und natürlich auch die inoffizielle Version, dass du bei einem Attentatsversuch auf mich ums Leben gekommen bist.«

Sicher hatte Stephen seine Spitzel überall. Andrew hatte das Reinigungspersonal im Verdacht und es bereits austauschen lassen. Die Entlassenen würde er bespitzeln lassen.

»Gut.« Sie ließ den Kopf sinken und krallte die Finger in den Saum ihres Shirts.

»Wie fühlst du dich?«

»Soweit ganz okay.«

Mark wäre nicht gegangen, wenn ihr Zustand instabil wäre, trotzdem hatte Andrew Angst, sie könnte sich noch einmal etwas antun. Wenn sie gestorben wäre … Er schluckte hart, ständig das Bild vor Augen, wie sie an das Gift gelangen wollte.

Endlose Sekunden schwiegen sie, bis ein herzzerreißendes Maunzen die Stille durchschnitt.

Emma riss die Augen auf. »Was war das?«

»Mann, das hätte ich fast vergessen!« Er ging zum Tisch und öffnete die Gittertür an der Box. »Ich habe eine Überraschung für dich.« Ein wenig unbeholfen zog er die kleine Katze heraus, weil er nicht wusste, wie er sie anpacken sollte. Er hatte sie bei einem dieser neu eröffneten Pet-Shops gekauft, denn Haustiere entwickelten sich gerade zum letzten Schrei, hatte ihm der Verkäufer versichert. Dazu hatte er noch eine Tüte mit Zubehör und Katzenfutter für zwei Wochen besorgt.

»Ein Kätzchen!« Ihr Gesicht strahlte. »Ich hab nicht gewusst, dass sie so süß sind.«

Das graugetigerte Fellknäuel zappelte und miaute in seiner Hand, deshalb überreichte er es Emma. »Geimpft und garantiert gesund.« Noch vor zwei Jahren galten diese Tiere als gefürchtete Monster, die Krankheiten übertragen.

Vorsichtig drückte sie es an ihre Brust, und die kleine Katze beruhigte sich augenblicklich. »Ich habe mit dem Gedanken gespielt, mir eine zuzulegen, aber ich hatte keine Ahnung, wie niedlich sie sind.« Emma streichelte das Köpfchen, woraufhin das Tier zum Schnurren anfing.

»Sie mag dich.«

»Huch!« Plötzlich zuckte Emma zusammen. Sein Saugroboter hatte sie angefahren, wendete jedoch bereits und schlug den Weg Richtung Küchenzeile ein.

»Das Ding taucht auch immer zum ungünstigsten Moment auf«, murmelte sie.

Er kratzte sich am Kinn. »Na ja, ich habe keine Putzfrau, schließlich soll niemand wissen, wo ich wohne.«

»Ich hab es wirklich keinem verraten«, sagte sie leise, ohne den Blick von der Katze zu wenden.

»Ich weiß.« Er stellte sich neben sie und legte behutsam den Arm um ihre Schultern. Gemeinsam schauten sie dem Kätzchen zu, das die Bewegungen des Saugroboters verfolgte. Er war froh über die Ablenkung, denn er wusste einfach nicht, wie er das Gespräch auf sie beide bringen sollte. Plötzlich zappelte das Tier.

»Meinst du, sie hat Angst vor dem Ding?« Emma kraulte die Katze hinter den Ohren und murmelte liebevoll: »Der tut dir nichts. Der erschreckt nur gerne Leute, ist aber völlig harmlos.«

Als das Tier nicht aufhörte, sich zu winden, setzte Emma es auf den Boden. Sofort jagte es dem tellergroßen Roboter hinterher und fauchte ihn an.

Andrew seufzte. »Noch jemand, der meiner Putzhilfe nichts abgewinnen kann.« Er hatte allerdings kaum noch Blicke für die Katze übrig, sondern starrte fast unentwegt auf Emma in seinem Arm. Sie entzog sich ihm nicht.

Ach, verdammt, warum stellte er sich wie ein unerfahrener Junge an?

»Sieh nur!« Sie deutete auf die Katze. »Das glaub ich jetzt nicht!«

Als sich der Saugroboter intensiv einer Ecke widmete und für einen Moment nicht hin und her fuhr, hockte sich das Kätzchen kurzerhand auf ihn. Nur ihr kleiner Schwanz hing über den Rand, ansonsten erinnerte sie ihn an eine Diva. Würdevoll saß sie auf dem Gerät und reckte stolz den Kopf in die Luft, während der Roboter sie durch die Wohnung kutschierte. In aller Seelenruhe ließ sie sich herumfahren und das Apartment zeigen.

Lachend drückte sich Emma an ihn und hielt sich den Bauch. »Die ist wirklich zum Quietschen.«

Andrew stimmte in ihr Lachen mit ein, denn der Anblick der kleinen Mieze auf dem fahrenden Gerät sah zu komisch aus. »Die beiden haben sich arrangiert, glaube ich.« Er zwinkerte sich eine Lachträne aus den Wimpern und drückte Emma einen Kuss auf den Scheitel.

Da schaute sie zu ihm auf, schlang die Arme fest um seine Taille und grinste ihn an.

Gott, wie gerne wollte er sie küssen. Ihr warmer Körper duftete gut und schmiegte sich perfekt an ihn. »Wie soll die Diva denn heißen?«, fragte er rau.

»Princess«, verkündete sie. »Ein anderer Name passt gar nicht zu ihr. Womit habe ich sie verdient?«

Er räusperte sich. »Ich habe sie gekauft, damit du nicht so einsam bist, wenn du den ganzen Tag allein hier bist. Bis ich weiß, wie es mit Stephen weitergeht und wer dir hinterherspioniert hat, bist du bei mir am sichersten.«

Plötzlich wurde sie ernst und drückte den Kopf an seine Brust, sodass er ihr Gesicht nicht mehr sehen konnte. Sie zitterte.

»Was hast du?« Zärtlich strich er über ihren bebenden Rücken, wobei er spürte, wie ihre Tränen über seinen nackten Oberkörper kullerten.

»Ich habe solche Angst um Yana. Nicht zu wissen, wie es ihr geht, macht mich noch verrückt.«

»Morgen schicke ich meine besten Warrior nach New World City, damit sie deine Schwester da rausholen.«

»Wirklich?« Sie schluchzte auf und blickte ihn an. »Wie kann ich dir dafür jemals danken?« Sie zögerte nur einen Wimpernschlag lang, dann drückte sie ihren herrlichen Mund auf seine Lippen.

Oh Gott, er vermisste sie so sehr, vermisste ihre Küsse, ihre Nähe, ihre Berührungen.

Sie schob die Finger in sein Haar und hörte nicht auf ihn zu küssen, während sie gleichzeitig grinste und weinte. »Danke, danke, danke!« Sie umklammerte ihn so fest, dass sie beinahe seine Nieren zerquetschte. »Ich dachte, du würdest mir meinen Verrat nie verzeihen.«

Er drückte die Hände an ihre Pobacken, um sie noch näher zu holen. »Ich habe dir längst verziehen, Emma.«

»Ich weiß«, wisperte sie und stupste kurz die Zunge in seinen Mund. »Das bedeutet mir so viel.«

Ihre Zärtlichkeiten setzten ihn in Flammen, doch es verstörte ihn, dass sie nicht aufhörte zu zittern. Oder bebte sie nun aus Leidenschaft?

Atemlos verharrte sie und blickte ihm tief in die Augen. »Stoße ich dich nicht ab, weil ich nicht normal bin?«

»Wie kommst du darauf?«

»Du hast mich, seit ich aufgewacht bin, nicht mehr richtig angesehen.«

»Emma …« Er zog sie weg von Princess und dem Roboter, hin zum Bett, und legte sich mit ihr hinein. Dann nahm er sie wieder in die Arme.

Seufzend schmiegte sie sich an ihn.

»Ich brauchte erst ein bisschen Zeit, um alles zu verarbeiten. Aber deine Katzengene stören mich nicht im Geringsten.« Er räusperte sich. »Na ja, es kratzt ein bisschen an meinem Ego, dass du viel sportlicher bist als ich, aber ich denke, darüber komme ich hinweg.«

»Dann … werden wir Freunde bleiben?«, fragte sie vorsichtig.

Er rollte sich auf sie. »Ich hoffe, wir bleiben mehr als das.« Erneut räusperte er sich. »Ich liebe dich, Emma.«

»Du liebst mich?«, wisperte sie und neue Tränen füllten ihre wunderschönen Augen, die – bis auf diese fantastischen Farbverläufe – normal aussahen. Zärtlich fuhr sie mit dem Zeigefinger seine Brauen nach. »Warum?«

Musste er ihr das wirklich noch erklären?

Hitze flutete sein Gesicht. »Du bist die schönste und klügste Frau, die ich kenne. Außerdem warst du sehr mutig, hast mir alles gestanden. Ich bewundere dich.«

Gerade, als er sie wieder küssen wollte, hüpfte Princess aufs Bett und drängelte sich zwischen sie.

Andrew legte sich neben Emma, und die Katze rollte sich auf ihrer Brust zusammen. Dann gähnte sie herzhaft und schloss die Augen.

»Sie ist so süß!« Selig lächelnd strich Emma über das weiche Fell.

Princess, du freches Biest, dachte er und grinste. »Siehst du, sogar die Mieze liebt dich.« Und sie hatte ihm gerade eine heiße Nacht mit Emma vermasselt. Doch wenn er sah, wie glücklich die Katze sie machte und offenbar von ihren Sorgen ablenkte, wog das alles andere auf. Außerdem war er ohnehin zu erschöpft, und Emma sollte sich auch noch ausruhen. Daher drückte er sein Gesicht an ihre Schulter und legte einen Arm um ihren Bauch, ohne die Katze aus den Augen zu lassen. Er traute ihr mittlerweile alles zu, schließlich hatte sie den Saugroboter bezwungen.

Emma streichelte seine Hand. »Ich befürchte, es gibt da jemanden, mit dem du mich in Zukunft teilen musst.«

»Du glaubst doch nicht, dieser Flohteppich wäre ernsthafte Konkurrenz für mich?« Er seufzte gespielt. »Heute lass ich Princess das durchgehen, aber wenn sie weiterhin so frech ist, stecke ich sie zurück in die Box.«

»Das würdest du niemals machen.« Zärtlich lächelte Emma ihn an. »Freiheit für alle – das steht für dich ganz weit oben.«

Sein Herz erwärmte sich beim Anblick dieser schönen und klugen Frau, die neben ihm im Bett lag. »Du kennst mich schon gut.«

»Und ich möchte dich noch viel besser kennenlernen.«

»Das wirst du.« Vorsichtig, um Princess keinen Grund zu geben, ihre Krallen auszufahren, beugte er sich über Emma und drückte ihr einen Kuss auf die Stirn. Dabei beobachtete ihn die Katze argwöhnisch unter halb gesenkten Lidern.

Oh Mann, das konnte ja heiter werden. Nur gut, dass er Herausforderungen liebte. »Sie gehört nicht dir allein, Mieze«, flüsterte er. »Und ohne mich hättest du Emma niemals kennengelernt.«

Princess hob den Kopf und leckte mit ihrer rauen kleinen Zunge über seine Nase.

Andrew kniff die Lider zusammen. »Einschleimen hilft dir nichts, ich habe dich längst durchschaut.«

Emma lachte, während er sich in sein Kissen zurückfallen ließ und froh war, die Katze gekauft zu haben.

Die Zeiten waren unruhig, die Zukunft nach wie vor ungewiss, doch mit Emma an seiner Seite würde er sich allen Widrigkeiten stellen.

Epilog – Bonuskapitel

»Heute war der schönste Tag meines Lebens.« Emma stand mit Andrew in ihrer gemeinsamen Wohnung und umarmte ihn fest.

»Das freut mich«, raunte er, sagte: »dimmen«, und schon wurde es um sie herum düster. Dann küsste er sie.

Emma schwebte auf Wolken. Die zärtliche und doch leicht gierige Berührung seines Mundes nahm ihr immer noch den Atem. Wie sehr sie diesen Mann liebte.

Das Essen in Resur auf der Dachterrasse des Restaurants war ein Gedicht gewesen, die Vielzahl an guten Neuigkeiten hatte sie schier überwältigt und sie fühlte sich glücklich wie niemals zuvor.

Er löste den Mund und starrte sie an, ließ den Blick über ihr weinrotes Abendkleid wandern. Wie so oft hatte sie auf einen Slip verzichtet, weil sie wusste, dass ihn das erregte. Sie liebte es ihn zu necken, zu reizen und aus der Reserve zu locken.

»Es war verdammt anstrengend, dir zu widerstehen.« Sein Blick heftete sich auf ihre Brüste. »Im Shuttle wäre ich fast über dich hergefallen.«

Emma lächelte. »Jetzt sind wir unter uns.« Sie ließ den Daumen über seine Unterlippe gleiten, während sie sein männliches Gesicht studierte. Ununterbrochen könnte sie ihn ansehen.

Einiges war nun anders als früher. Zum Beispiel hatten sie ein neues Apartment mit grandioser Aussicht auf White City bezogen. Außer ihren engsten Vertrauten kannte niemand die Wohnung, und Emma war so froh, sich nicht mehr verstecken zu müssen.

Andrew hatte auch einen neuen Leibwächter als Ersatz für Fire, Kian, der nebenan wohnte, und Emma schrieb an einem Roman. Eine Geschichte über eine verbotene Liebe.

Außerdem hatte Andrew einen Sekretär eingestellt, einen jungen, engagierten Mann, was ihr sehr recht war. Eine andere Frau in seinem Büro, mit dem sie viele Erinnerungen verband, hätte sie nicht gut gefunden, auch wenn sie Andrew vollkommen vertraute. Schließlich hatte dort alles zwischen ihnen angefangen.

»Lust auf ein Spiel?«, fragte er.

»Und wie.« Wohlige Vorfreude prickelte durch ihren Körper. Sie liebte Andrews Spiele.

»Wo ist eigentlich Princess?« Er sah sich um. Normalerweise kam sie sofort angelaufen, wenn einer von ihnen zur Tür hereinkam.

»Sie ist noch bei Kian.« Sein neuer Bodyguard hatte einen Narren an ihrer Katze gefressen, und Princess schien sich bei ihm ebenfalls wohlzufühlen. »Wir haben also einen Babysitter und die Nacht für uns.«

Andrew lachte. »Ich bin immer wieder erstaunt, welch weiches Herz manche dieser Krieger haben.«

Emma löste den Knoten seiner Krawatte. »Sie steht auf Kerle mit weichen Herzen. Genau wie ich.«

Er zwinkerte. »Geh ins Schlafzimmer und zieh dich aus. Mach kein Licht. Ich bin gleich bei dir.« Er schenkte ihr noch einen heißen Blick, anschließend ließ er sie im Flur stehen und verschwand in sein Homeoffice. Er hatte sich zu Hause ein Büro eingerichtet, um öfter bei ihr zu sein. Emma half ihm nach wie vor, wo sie konnte, wollte aber bald eine Ausbildung zur Architektin beginnen und in ihrer Freizeit Bücher schreiben.

Lächelnd schlenderte sie ins Schlafzimmer und stellte sich vor die Panoramascheibe. White City war zur Ruhe gekommen, es ging auf Mitternacht zu. Die gigantische Kuppel reflektierte das Licht der Straßenlaternen und erhellte schwach den Raum.

Emma streifte sich das Kleid ab und hängte es in den begehbaren Schrank, sodass sie nur noch ihre halterlosen Seidenstrümpfe und den Spitzen-BH trug. Viele schöne Kleider hingen hier und Andrews zahlreiche Anzüge. Wann immer es möglich war, begleitete sie ihn zu politischen Veranstaltungen. Emma war nun ein Teil von ihm.

Zurück im Schlafzimmer lauschte sie in die Dunkelheit der Wohnung. Was er sich diesmal ausgedacht hatte?

Sie rieb sich über die nackten Arme und musterte das große Bett mit dem gusseisernen Rahmen. Dabei klopfte ihr Puls bis tief in ihren Unterleib. Sie wusste, was Andrew vorhatte, denn er hatte während des Essens mit ihr darüber gesprochen.

Als plötzlich eine schwarze Gestalt im Türrahmen stand, zuckte sie zusammen. »Andrew!« Keuchend drückte sie die Hand aufs Herz. »Hast du mich erschreckt!«

Er trug einen dunklen Overall sowie eine Sturmhaube, die nur seinen Mund und die Augen frei ließ. Welch imposante Erscheinung! Breite Schultern, lange Beine … und seinen glühenden Blick spürte sie selbst im düsteren Zimmer. Er war auf das nackte Dreieck zwischen ihren Schenkeln gerichtet.

»Andrew ist nicht hier«, sagte er mit grollender Stimme, machte drei schnelle Schritte auf sie zu und fasste an ihre Schultern.

Natürlich war er es, sie roch sein Männerparfüm, dennoch raste ihr Herz. Ein wenig aus Furcht, weil er aussah wie der ehemalige Rebellenführer, der er einmal war, und ein wenig vor Aufregung.

Es war doch wirklich Andrew? Er musste sich in Rekordgeschwindigkeit umgezogen haben.

Schmunzelnd stellte sie sich vor, wie er sich im Arbeitszimmer die Krawatte, das teure Hemd und die Anzughose vom Leib gerissen hatte.

Er drückte sie gegen die kühle Glasscheibe und presste seinen Körper an ihren. »Hast du keine Angst vor mir?« Mit einem behandschuhten Finger strich er über ihr Gesicht.

»Ich vertraue dir«, flüsterte sie. »Du wirst mir nichts tun.«

Er keuchte an ihr Ohr. »Du vertraust einem fremden Mann, der in deine Wohnung eingedrungen ist?« Noch fester drängte er sich an sie, sodass sie seine Erektion an ihrem Bauch spürte. Offenbar trug er unter dem Overall nichts weiter. Wie gerne wollte sie ihn aus dem Stoff schälen, seine Haut spüren, riechen, küssen.

Vorsichtig zog Emma die Maske von seinem Kopf. Als Andrews blonder Schopf zum Vorschein kam, lächelte sie. »Was für ein sexy Einbrecher.«

»Du solltest mehr Respekt zeigen.« Das Timbre seiner Stimme vibrierte an ihrem Hals, während er mit den Lippen daran knabberte. »Wenn du mir gehorchst, werde ich dich anständig behandeln.«

»Ich werde tun, was Ihr verlangt, Sir.«

Er stöhnte kehlig und brachte heiser hervor: »Braves Mädchen.« Dann zog er sie zum Bett, drehte sie herum und drückte sie auf alle viere nieder, sodass sich ihm ihr nackter Hintern präsentierte.

Seine Handschuhe flogen auf den Boden, und schon spürte sie seine Finger an ihrer Scham. »Du bist feucht.« Sofort drang er mit zwei Fingern von hinten in sie ein.

Emma krallte sich ins Bettlaken, während sich ihr Inneres um den lustvollen Eroberer krampfte. Ihre Brustspitzen zogen sich zusammen, der BH störte und engte sie plötzlich ein. Sie wollte nackt für Andrew sein, überall berührt werden.

Die Matratze wackelte, er kniete sich hinter sie, wobei er die Finger nicht herauszog. Doch er bewegte sie nicht, stattdessen strich er mit der anderen Hand an ihren Schenkeln entlang.

Sie konnte es nicht ausstehen, wenn er sie zappeln ließ, daher drückte sie ihm ihren Po entgegen.

»Halte still, oder ich werde dich fesseln.«

Sie quengelte weiter, wobei ihr Herzschlag laut in den Ohren widerhallte. Bisher hatte er sie noch nie gefesselt.

»Wie du willst.« Er zog sich zurück und mit ihm seine Finger. Am liebsten hätte sie sich selbst berührt, aber das traute sie sich nicht. Oder? Während er sich in den begehbaren Kleiderschrank begab, drehte sie sich auf den Rücken, öffnete die Schenkel und rieb über ihren Kitzler.

Aufatmend sank sie zurück ins Kissen und schloss die Augen. Dieses lustvolle Pochen machte sie verrückt, wenn ihr die Erlösung verwehrt wurde. Sie war immer noch schlecht darin, einen Höhepunkt hinauszuzögern.

Während des kurzen Shuttlefluges hatte Andrew die Hand bereits unter ihrem Kleid gehabt und an ihr herumgespielt. Doch sie hatten sich zurückhalten müssen, da sie nicht allein gewesen waren. Jetzt hielt sie nichts mehr.

Ihr Finger glitt durch die seidenweiche, feuchte Hitze, verteilte ihre Lust und spielte mit der kleinen Perle ihres Geschlechts. Eigentlich sah es ein wenig aus wie eine Muschel, was ihr in Erinnerung rief, dass Andrew ihr versprochen hatte, bald ans Meer zu fliegen.

Emma rieb fester, tauchte in den cremigen Eingang und verkniff sich ein Stöhnen. Wo blieb Andrew denn so lange?

»Hab ich dich erwischt!« Als er ihr die Hände über den Kopf drückte, schrie sie überrascht auf. Sie hatte nicht bemerkt, dass er zurückgekommen war. Neben ihr lagen mehrere Krawatten, die wohl nur einem Zweck dienten: sie zu fesseln.

»Du spielst an dir herum, während ich weg bin?« Seine Stimme hallte durch den Raum, dann drehte er sie auf den Bauch, um den BH zu öffnen.

»Es wird nicht wieder vorkommen, Sir!«

»Bei dir weiß man nie.« Mit sanfter Gewalt befreite er sie von dem Büstenhalter und Emma atmete auf.

»Eigentlich sollte ich dir deinen süßen Hintern versohlen.« Schon klatschte seine Hand auf ihre Pobacken.

»Hey!« Sie drehte sich um. Es hatte nicht wehgetan, tatsächlich strahlte die Hitze seines Schlages bis in ihren Schoß.

»Solch rosige kleine Perlen.« Mit beinahe fiebrigem Blick starrte er auf ihre Brustwarzen, bevor er sich herabbeugte und sie abwechselnd in den Mund saugte.

»Andrew …« Ihre Finger krallten sich in sein weiches Haar. »Mach das bitte auch zwischen meinen Beinen oder ich zerspringe.«

Er hob den Kopf. »Na gut. Weil du so lieb *Bitte* gesagt hast.« Da schob er ihre Schenkel auseinander, hockte sich dazwischen und presste den Mund auf ihren geschwollenen Kitzler.

Endlich … Sie bäumte sich ihm entgegen, während er sie mit festen Zungenstrichen leckte. Wie Stromstöße zuckten Lustimpulse durch ihren Schoß.

Mehr, sie wollte mehr!

»Schlaf endlich mit mir!«, flehte sie.

Keuchend wich er zurück, öffnete den Overall am Kragen und schlüpfte heraus.

Als seine splitternackte Gestalt zum Vorschein kam, seufzte Emma. Verlangend streckte sie die Hände nach ihm aus, strich über seine Brust und den Bauch, tippte seine stramme Erektion an.

Da schnappte er sich erneut ihre Handgelenke und positionierte ihre Arme wieder über dem Kopf. »Bleib so.«

»Ich will Sie spüren, Sir.«

»Das wirst du gleich«, raunte er, während er die Krawatten ans Bettgestell band. Anschließend knotete er sie um ihre Gelenke.

Was für ein komisches Gefühl, die Hände nicht mehr benutzen zu können. Nun war sie ihm ausgeliefert.

Andrew kniete direkt neben ihrem Kopf, daher hatte sie sein wippendes Geschlecht vor Augen. Mehr Speichel sammelte sich in ihrem Mund und sie leckte sich über die Lippen. Sie liebte es, ihn mit dem Mund zu verwöhnen. Im bleichen Licht, das durch das Fenster fiel, wirkte seine Gestalt wie eine gemeißelte Statue. Was für ein schöner Mann, und er gehörte allein ihr.

Er grinste. »Dein Blick sagt alles.« Dann krabbelte er über sie, hielt seine Erektion fest und strich mit der Eichel über ihre Lippen.

Sofort ließ sie die Zunge hervorschnellen, um über die samtige Spitze zu lecken. Dabei kniff sie erneut die Beine zusammen. Sie wollte ihn endlich in sich spüren, ihr ganzer Körper stand unter Strom, ihre Brustwarzen schmerzten.

Sanft schob er sich tiefer in ihren Mund und imitierte den Geschlechtsakt, während sie sich ihm darbot.

»Du weißt, was mich scharf macht«, raunte er.

Oh ja, und sie würde alles geben, um ihn jedes Mal aufs Neue zu überraschen. Sie traute sich immer mehr, gab sich ihm jeden Tag ein Stück weiter hin. Sie liebte es, sich fallen, von ihm anleiten zu lassen. Aber nur, weil er es war: der Mann, dem sie vollkommen vertraute.

Hektisch zog er sich zurück und atmete schwer. »Ich habe noch mehr Sachen dabei, um meine Gefangene zu verwöhnen.« Er griff neben die Matratze auf den Boden, holte eine Tüte hervor und schüttete den Inhalt über ihrem Kopf aus.

Was war das alles? Sie wollte hinsehen, doch er hielt ihr Kinn fest. »Augen immer zu mir.«

»Du bist gemein.« Ihr Schoß schrie nach seiner Berührung, daher presste sie weiterhin die Beine zusammen.

Andrew zog sie weit auseinander. »Du bleibst so. So und nicht anders!« Er grinste verrucht. »Dann zeige ich dir, was gemein ist.«

Was hatte er nur vor?

Er griff über ihren Kopf und holte einen ... großen rosa Kaugummi hervor? »Was ist das für eine Kugel?«, wollte sie wissen.

»Angeblich das neuste Toy auf dem Markt.« Drei dieser schimmernden Kugeln hielt er in der Hand.

»Du warst in einem ... Sexshop?«

»Ja.«

Sie wollte sich aufsetzen, weil sie vor lauter Neugierde vergessen hatte, dass sie gefesselt war. Natürlich ging es nicht. »Der Präsident hat Sexspielzeug gekauft? Ernsthaft?«

Wurde er rot um die Nase? Im Düsteren erkannte sie es nicht genau. »Ich habe mir einen falschen Bart angeklebt ... und so.«

Ihr Herz erwärmte sich. Er war selbst gegangen, ganz diskret, hatte niemand anderen beauftragt, die Sachen zu kaufen. »Ich hätte dich gerne mit Bart gesehen.«

»Besser nicht, der hat mich um zehn Jahre älter gemacht.« Er grinste die drei seltsamen Blasen in seiner Hand an, nahm eine davon zwischen die Finger und rieb sie über ihre Brustwarze. Dabei murmelte er: »Irgendwie so soll es funktionieren.«

Als würde die Kugel plötzlich ein Eigenleben entwickeln, stülpte sie sich über ihren Nippel, ja, saugte ihn regelrecht ein! Das Toy verlor die Form, wurde flacher und passte sich ihrer Brustspitze an.

Scharf holte Emma Luft.

Andrew riss die Augen auf. »Tut es weh?«

»Nein, nein«, antwortete sie schnell. »Ist nur ungewohnt.«

»Geil?«

Sie schloss die Lider und fühlte, wie die Kugel an ihr saugte. »Ja, das kribbelt angenehm.«

»Dann pass mal auf.« Er tippte das Toy an, und es begann zu vibrieren.

Emma bog den Rücken durch. »Das ist … gut!«

»Bloß gut?« Schnell setzte er die zweite Kugel ebenfalls auf. Die beiden Toys bearbeiteten von selbst ihre Nippel und schienen die Intensität der Vibrationen langsam zu steigern.

»Die sollen sich deinem Erregungsgrad anpassen«, erklärte Andrew.

»Ich … bin schon ziemlich …« Sie stöhnte losgelöst. Die Impulse schossen zwischen ihre Beine und tief in den Bauch. Ungeduldig zappelte sie. »Mehr, bitte.«

»Ich will, dass du genießt und nicht verschlingst. Dabei sollst du durch nichts abgelenkt werden.« Er hielt eine weitere Krawatte vor ihr Gesicht, und sie nickte. Daraufhin verband er ihr die Augen.

Nun empfing sie völlige Dunkelheit. »Hast du noch mehr seltsame Sachen dabei?«

»Nein, nur diese Kugeln.« Er drückte ihre Beine wieder auseinander, dann zog er ihren Venushügel nach oben. »Die letzte ist für deinen Kitzler.«

»Nein, das wird bestimmt zu heftig!« Ihr Herz klopfte hart und sie wand sich in den Fesseln.

»Ich bestimme, Emma. Halte die Beine still.«

Wie sollte sie das anstellen, wenn er diese Spielzeuge an ihr testete?

»Ich will, dass du einfach nur genießt. Und ich sehe dir zu.« Andrew begann, ihre Beine ebenfalls ans Bett zu binden, sodass sie aufgespreizt wie ein X vor ihm lag. »Jetzt lass meine kleinen Freunde ihren Dienst tun.«

Sie spürte erst seine Zunge an ihrer Klitoris, danach die kühlere Kugel. Emma stöhnte laut, als sich das Toy an ihren empfindsamen Nerv festsaugte und sie nichts dagegen tun konnte. Sie glaubte, das Ding schmatzen zu hören, fühlte schwache Stromimpulse, dann wieder Vibrationen.

Oh Himmel, ihr Schoß glühte und pulsierte. Lange würde sie das nicht aushalten!

Nun war sie Andrew völlig ausgeliefert. Ihm und diesen saugenden kleinen Biestern, die Emma schier in den Wahnsinn trieben.

Sie musste ein peinliches Bild abgeben, nur gut, dass sie sich nicht sehen konnte.

»Du bist so schön«, raunte er, schob sich auf sie und küsste sie.

Sie hungerte nach ihm, nach seinen Berührungen, Küssen und Zärtlichkeiten. Erst als er die Hände über ihren Körper gleiten ließ, entspannte sie sich völlig, trieb auf der Lustwelle und stellte sich vor, wie sie unter ihm lag. Gefesselt, nackt und erregt.

Andrew rieb seine Brust an ihr. Seine Hitze hüllte sie ein, ebenso sein männlicher Geruch. »Du bist so schön, Emma. So voller Leidenschaft.«

Während er sich in sie schob, nahm nicht nur ihre Erregung zu, auch die Vibrationen der rosa Saugbiester. Das eine zwischen ihren Beinen biss sich regelrecht an ihrem Kitzler fest, malträtierte und folterte ihn.

Sie liebte es, was für ein Gefühl! Ob Andrew die Schwingungen auch spürte?

Der zarte Schmerz gab ihr den Rest. Ihr Schoß schloss sich fest um Andrews Erektion, wollte sie nie wieder hergeben. Hinter der Augenbinde blitzten Sterne und ihr Höhepunkt war gewaltig. Von den Zehenspitzen bis zu den Haarwurzeln kribbelte es und ihr kam es vor, als würden die Toys alles geben. Aber am erregendsten war Andrew tief in ihr, der einen Punkt traf, der sie über die Klippe trug.

Sie küssten sich und er raunte ihr zärtliche Worte zu, dann stieß er fester in sie und fand selbst Erlösung.

Als sie wieder zu sich kam und sich eine wohlige Trägheit einstellte, bemerkte sie, dass die Toys aufgehört hatten zu saugen. Andrew lag noch auf ihr und keuchte an ihre Wange.

»Wie war es?«, fragte er, während er die Kugeln entfernte.

»Heftig. Heftig schön.« Mehr brachte sie im Moment nicht hervor, zu erschöpft fühlte sie sich.

Er band sie los und zog ihr die Augenbinde ab. Danach nahm er sie in die Arme und rollte sich mit ihr herum, bis sie auf ihm lag.

Sie kuschelte sich an seine Brust und hörte seinem Herzen zu. Sie mochte es, dem sanften Schlagen zu lauschen. »Danke fürs Verwöhnen«, sagte sie und gähnte. Neugierig nahm sie eine der rosa Kugeln in die Hand. Sie fühlte sich warm und weich an. »Kann man die auch beim Mann verwenden?«

»Hmm«, brummte er. Offensichtlich schlief er gleich ein. Sein Gesicht wirkte entspannt, seine Augen waren geschlossen.

»Ich hab eine Idee, beim nächsten Mal verwöhne ich dich.«

»Hmm«, brummte er wieder.

»Mit diesen Kugeln.«

»Hmm.«

»Abgemacht?«

»Hmmm.«

Sie grinste schelmisch, als sie sich vorstellte, wo sie eines dieser Saugbiester anbringen würde …

Warum sich Emma so glücklich fühlt und was weiterhin passiert, erfahrt ihr in »Steel – Warrior Lover 5«, erhältlich im Herbst 2014.

♥♥♥

Weitere Romane:

Inka Loreen Minden

Die Lady und das Biest

Historischer Liebesroman mit Wolfswandlern, Vampiren und Dämonen.

Als Taschenbuch und E-Book im gesamten Buchhandel.

Die junge Lady Patricia hat es satt, dass alle über ihr Leben bestimmen. Als sie mit einem alten Lord verheiratet werden soll, läuft sie von zu Hause weg und versteckt sich auf der Fregatte eines Freundes.
Leider ist sie auf dem falschen Dreimaster gelandet und glaubt sich unter Piraten, doch die Realität ist schlimmer: Patricia befindet sich auf einem Schiff voller übernatürlicher Kreaturen, und ausgerechnet der Captain, das Alphatier des Rudels, hat sie zu seiner Gefährtin auserkoren …

Über die Autorin:

Inka Loreen Minden, die auch unter den Pseudonymen Lucy Palmer, Mona Hanke (Erotik), Loreen Ravenscroft (Romantasy) und Monica Davis (Jugendbuch) schreibt, ist eine bekannte deutsche Autorin erotischer Literatur. Von ihr sind bereits über 30 Bücher, 6 Hörbücher und zahlreiche E-Books erschienen, die regelmäßig unter den Online-Jahresbestsellern zu finden sind.
Neben einer spannenden Rahmenhandlung legt sie Wert auf eine niveauvolle Sprache und lebendige Figuren. Explizite Erotik, gepaart mit Liebe, Leidenschaft und Romantik, ist in all ihren Storys zu finden, die an den unterschiedlichsten Schauplätzen spielen.

Mehr über die Autorin auf ihrer Homepage:
www.inka-loreen-minden.de
www.monica-davis.de

Gay Romance:

Tödliches Begehren – Mortal Desire

Reporter Ethan Hunter beschattet schon seit Wochen den obskuren Sicherheitschef eines Kasinos. Gabriel Norton wäre ein Kerl genau nach seinem Geschmack, gäbe es da nicht die Gerüchte, die sich um Gabriel ranken: Er soll Geld aus illegalen Geschäften im Kasino waschen und Mitglied eines New Yorker Verbrechersyndikats sein.
Was für eine Art Mann er ist, erlebt Ethan bald am eigenen Leib, als Gabriel ihn beim Spionieren erwischt und ihn dafür auf seine Art bestraft. Ethan kann sich seiner Anziehungskraft nicht mehr entziehen und gerät, auf der Suche nach der Story seines Lebens, in einen Strudel aus Sex, Gewalt und Leidenschaft.

Presse:
Ich steh auf Krimis und antörnende SM-Szenen ... beides zusammen: perfekt! Dazu mixt die Autorin Inka Loreen Minden noch eine Prise Romantik, und heraus kommt der Roman »Tödliches Begehren«.
(SM-Magazin »Schlagzeilen«)

Erschienen im Dead Soft Verlag, erhältlich als Taschenbuch und E-Book.

24944737R00052

Printed in Poland
by Amazon Fulfillment
Poland Sp. z o.o., Wrocław